― 長編官能小説 ―

再会の美肉

＜新装版＞

北條拓人

JN043175

竹書房ラブロマン文庫

目次

序章　5
第一章　夢のおんなの記憶　14
第二章　先輩のみだらな匂い　59
第三章　美人課長・切ない乳房の記憶　102
第四章　クール美女の乱れ肉　157
第五章　濡れて悶える社内アイドル　202
終章　245

序章

「あっ、ああんっ……ねえ、いいっ！　ああ、いいのぉ……っ」

まるで暗い川を泳ぐように、おんなを抱いていた。

相手が誰であるかも認識できぬまま、美しい裸身を貪《むさぼ》っている。

「そこ、そこなのっ……気持ちいいところに当たってる……ああ、すごいぃ……」

屹立《きつりつ》は最奥にまで迎え入れられ、ぎっちりと咥《くわ》え込まれている。

処女と見紛《みまご》うばかりのきつさに、肉塊はジーンと痺れを感じていた。

「ぶふっ……ふもんっ……おふううっ！」

小刻みに腰を揺らせ、急所にあてがった切っ先をなおも揉《も》み込む。

凄まじい快感と、噎《む》せかえるほどの息苦しさ。

すべすべした腕が、その細さからは想像もつかぬほどの力強さで首筋に巻き付いているため、身動きもできない。さらには、モデルのような長い美脚が腰に絡み付き、大木に這《は》うツタのように女体を密着させている。

「すごくいいっ……。太いものに内側から押し広げられている感じ……。ああ、ああぁ」

彼女が喘《あえ》ぎ、首をかき抱く腕に力が籠《こも》る。

マシュマロ顔負けのふかふかおっぱいに顔を押しつけているしあわせ。けれど、甘い汗にまみれた乳肌が鼻や口を塞《ふさ》ぐのだった。

「あぐっ……ぐふっ……おううっ……」

わずかに首を曲げて、喘ぎ喘ぎに息を吐く。

それでもなめらかで、ふくよかな谷間がふるんと流れ、鼻や口を覆《おお》ってくる。

(このままおっぱいで溺《おぼ》れていたい……！)

掌《てのひら》で左右のふくらみを鷲摑《わしづか》みにして、遊離脂肪を寄せ集める。

「ふああっ、おっぱいそんなにしないでぇ……」

掌に余るほどの巨乳を根元から絞ると、薄紅に色づいた乳暈《にゅううん》ごと乳首が堅締まりして、ツンツンにしこっていく。

ず、ずずずっと乳肌をこそぎ、尖りを増した蕾《つぼみ》を指先に捕まえる。

「はうんっ！　ああ、乳首だめぇっ！」

決して強く嬲《なぶ》ったつもりはない。それでも余程気持ち良いと見えて、女体がぶるぶるぶるっと激しく震えた。

一緒に、ヴァギナも妖しく蠕動《ぜんどう》し、男の精を搾《しぼ》り取らんとする。

まぎれもなく彼女は最高のおんなだった。肉体ばかりではない。どういう訳か、その顔が判然としないにもかかわらず、美貌であることだけは確信していた。

「あうっ！　くうぅっ……」

込み上げる射精衝動を、歯を食い縛ってしのいだ。

危うく漏《も》らしそうだったが、きつきつのヴァギナに締めつけられ、剛直が痺《しび》れていたことも幸いしたようだ。

お返しとばかりに、くんと腰を捏《こ》ねて最奥を突き上げる。

「あんっ、だめよ、奥にあたっているのに……。子宮にまで挿入《はい》ってくるつもり？」

子宮口を鈴口で擦《こす》っている手応《てごた》えは、十二分に感じている。けれど、剛直を根元まで咥え込まれる快感は捨て難《がた》い。

「素敵です。なんていいおま×こなんだ……。〇〇さん……」

彼女の名前を呼んでいる。それなのに彼女の名前が分からない。そればかりか、自らが誰であるのかも思い出せずにいる。

性に溺れ、女体を貪るあまり、のぼせているのだろうか。ただひたすら、相手への愛《いとお》しさが募《つの》るばかりだ。

相変わらず乳肌に顔を埋めたまま、再び小刻みな律動《りつどう》を送り込む。

狂おしいまでの想いを、ひたすら情欲に変換して耽《ふけ》るのだ。

何者でもない己の拠《よ》り所が彼女なのだから、激しい渇きにも似た性欲は自慰に等しく、だからだろうか、いくら交わっても満足を得られそうにない。それでいて、やめることもできずにいる。

ぐちゅり、びちゅちゅっ、ねちゅにちゅちゅっ——。

堅結した男女の性器から淫猥《いんわい》な水音をひり出させる。

目前に揺れるほくろが一つ。純白の乳肌に、小さなアクセントを見つけた。このほくろには確かに見覚えがあると思った。

もちろん、乳房の手触りや抱き心地にも覚えがある。どこまでもすべやかな美肌、美しいとしか形容できないすらりとした脚、おんならしい尻たぶのやわらかさにも馴《な》染《じ》んだ感覚がある。

愛しいと感じる相手なのだから、それは当たり前だ。なのに、どうしても彼女が誰であるのかが思い出せない。

深い乳房の谷間から離れ、その顔を確認しようにも、彼女の強い腕の力がそれを許してくれない。ならばとばかりに、密着した付け根でクリトリスをすり潰《つぶ》すように腰を捏ね上げた。

「んあ、ああ、それダメぇ……」

敏感な部分を擦られて、よほど気持ち良いのだろう。腕の力が急速に抜け落ちる。その隙《すき》に自らの体をぐっと持ち上げ、女体との距離をとった。

けれど、それを彼女は体位を入れ替えるものと勘違いしたらしく、自発的にうつ伏せになっていく。勃起を女陰に咥え込んだまま、右足を持ち上げて後背位になるのだ。

「うおっ！　ぐふううっ……」

たまらない快感に、思わず喉が鳴った。相変わらず窮屈《きゅうくつ》な膣道に、先ほどまでとは異なる部分が擦れたからだ。

豊かな雲鬢《うんびん》がふぁさりと振られ、甘い髪の香りが鼻先をくすぐった。

「ねえ、今度は激しくしてっ……」

振り向いたその貌《かお》を確認しようにも、表情は髪の中に隠されている。けれど、彼女がたまらない美人であろうことだけは、そのフォルムからも窺《うかが》い知れた。

「判りました。それじゃあ激しくしますよっ！」

抜け落ちる寸前の切っ先を、ずぶんと膣孔に埋め戻した。

「あううううっ……。いいっ！　ねえ、もっとぉ、もっとしてぇ……」

甘えたように濡れた声に促され、灼熱《しゃくねつ》と化した勃起をゆっくりと大きなストロークで出し入れさせる。

挿入角度が変わったお蔭で、締めつけも幾分ゆるく感じられる。その分、葛湯《くずゆ》に漬け込んでいるようなヌルついた抵抗と、熟《う》れた肉襞《にくひだ》の感触を存分に愉《たの》しめる。

「ああ、やばい！　気持ちいいですっ。最高のおま×こだぁ……」

ずぶんと打ち込んでは、滑《なめ》らかな尻たぶに付け根や太ももを存分に擦りつける。

掌で細腰をたっぷりと引きつけ、切っ先が届く限り女陰を犯《おか》すのだ。

「もっと、もっと擦ってぇ……。ああ、そこよ、そこ、そこぉ……っ」

シミひとつない背中を抱きしめるように腕を回し、紡錘形《ぼうすいけい》に垂れ下がった乳房をすくい取る。

たわわに実った果実は、たっぷりと重く、五指に吸いつくようにまとわりついた。滑らかで、やわらかくて、そしてどこまでも官能的だ。

「ああ、おっぱい、気持ちいいっ！　おま×こも気持ちいいの……ぉ」

積極的な腰付きとふしだらな淫語。それは男を愉しませるための自然の手管《てくだ》であって、内心は恥ずかしさでいっぱいなことを痛いほど判っている。もちろん快感もあるのだろうが、背筋まで赤く染めているのは、その証拠だろう。

「おっぱいを揉み潰して欲しいのですね？　めちゃめちゃにして欲しいのでしょう？」

指と指の間から零《こぼ》れ落ちる遊離脂肪をぐにゅんとひり潰し、ぐんと腰部を押し付ける。手綱《たづな》を引くように脇から乳房をひっぱり、その分だけ勃起を押し込むのだ。

（ああ、この人が好きだっ！　愛しているんだ！）

貌も名前も思い出せないくせに、滾々《こんこん》と愛情が湧き上がる。もどかしいような、それでいて心地いいような快感に、それはどこか似ている。

「ひゃん！　あうううっ、ああ、激しいっ！」

ぐりぐりと揉み込んでから、大きく退《ひ》いた。

「んああっ、せつないぃっ！　抜かれるのが切ないわ……っ」

乳房を離し、くびれ腰に両手を添えて、本格的なスライドへと移行した。

抑制してきた情感を一気に解放させ、ただひたすら愛欲に溺れていく。パンパンパンと、肉を打つ乾いた音を響かせ、快楽の源泉への出入りを繰り返す。

痺れていた感覚はもはやない。代わりに凄まじい喜悦が、勃起から腰部にかけてをドロドロに溶かしていく。

深く暗い河から肉体が浮き上がり、互いが繋《つな》がりあったまま中空を浮遊するような快感。

「もうだめ、イッちゃいそう！　ねえ、イクっ!!」

再び女陰が、きゅっと締めつけてきた。絶頂を迎えると同時に、種付けを求めているのだ。おんなの本能のなせる業《わざ》だった。

「ぐふっ！　そんなに締めつけちゃあ僕も射精《で》ちゃいますよお！」

「ああ、ちょうだい。せつないおま×こに……精子……ちょうだい……」

激しいストロークに、途切れ途切れにおんなが啼《な》く。うねり蠢《うごめ》く女陰がくれる最高の官能。一気に余命がなくなり、射精前の切羽詰まったようなやるせなさが迫った。

「ねえ、イッて……。わたしもイッてる……。一緒に、ねえ、一緒にぃ……っ」

おどろに髪を振り、太ももや背筋のあちこちを痙攣《けいれん》させて、あられもなく彼女はアクメを迎えている。喰い締めていた媚肉がふいに緩《ゆる》み、バルーン状に膨《ふく》らんで種付けに備えた。

「愛してる。ああ、好きよっ、大好きっ！」

情熱的に愛を告げ、背筋を反《そ》らせてイキ様《ざま》を晒《さら》すのだ。

愛しい女性のその名前が喉元から出かかった瞬間、込み上げる射精感に苛《さいな》まれ、またしても頭の中が真っ白になった。

「イクよっ！　うがああ、僕もイクっ！」

最深部に切っ先を届かせて律動を止めた。ぶばっと肉傘を広げ、白濁を発射させる。

びゅびゅっ、どびゅーっ！

勃起を胎内で躍らせて、溜まりに溜まった精液を全て吐きだした。


ふと気がつくと、真っ白な天井を見上げている。

夢精を放つと共に、現実に引き戻されたらしい。

気持ちの悪い感触が下腹部に拡がっているにもかかわらず、なぜか生まれたばかりの赤ん坊にでもなったような、新鮮な気分だった。

第一章　夢のおんなの記憶

1

「ああ凄いっ。いいよっ！　最高にいいっ！　射精《だ》すよ！　ぐはあああっ！」

血液を沸騰するほど昂《たか》ぶらせ、河内雄太《かわちゆうた》はぎゅぎゅっと肛門を引き絞った。

ズドドドッと尿道を精子が駆け上る。

涎《よだれ》が垂れ落ちそうなほどの快感に打ち震えながら、極上のヴァギナに白濁を吐きだした――つもりだった。

しかし、生暖かい精液は、どぷっと鈴口を飛び出した途端《とたん》、布地にぶち当たり下腹部をねっとりと汚していた。

（うおっ……。ああ、またあの夢だ！）

雄太は、病院で目覚めた時と同様の白い天井を呆然《ぼうぜん》と眺めていた。

しあわせな夢であるには違いないが、後《あと》の祭り、この情けなさがなんともやるせない。

「なんだって同じ夢ばかり見るかなぁ……。立て続けに夢精してるし、溜まっているなんてことないはずだけど……」

どろりとした精液の最悪の感触から逃れようと、雄太はパンツを脱ぎ捨てた。

それでいて、ベッドから出ようとしない。

ふるちんのまま布団にもぐりこみ、白い天井を眺めるのだ。

まだ若い年齢とはいえ、二十四歳にもなっての夢精は恥ずかしい。たとえ独り暮らしで、誰の目も気にせずに済む身であるといえどもだ。

もっとも今の雄太には、そんな自らの境遇も、実はピンときていない。目の前の天井にも、まるで見覚えがない。それどころか、このアパートの部屋そのものにもだ。お蔭で全てに現実感が失われていた。

記憶障害。いわゆる記憶喪失。

ＴＶや映画などではよく目にするし、知識としては知っていたが、そんな病気が、あろうことか我が身に降りかかるとは。

「まいったなあ……。なあんにも思い出せないんだものなあ……」

過去の記憶はおろか、自分の名前さえ思い出せない始末。鏡に映る顔を見ても、他人の顔を見ているようで不思議な心持ちがした。

雄太が持っている記憶は、事故に遭《あ》った後のものだけなのだ。


一昨日、雄太は病院で目を覚まし、記憶喪失が明らかになってから精密な検査を受けて、担当医から大まかな状況の説明を受けた。

「河内雄太さん。所持していた免許証で、あなたの身元は判明しました……」

診察ばかりでほとんど外出もしないのだろう。青白くのっぺりとした顔の若い医者が言った。

「あなたは公園で散歩でもしていたのでしょう。そこへ側頭部を軟式球が直撃しました。あなたは昏倒《こんとう》しましたが、運よく居合わせた人が通報してくれて、ここに担《かつ》ぎ込まれたという訳です」

真面目くさった顔で話してくれる医者の横で、妙齢の美しい看護師が必死で笑いをこらえている。

「とはいえ、よほど打ちどころが悪かったのでしょうねえ。小学生のキャッチボールで、逸《そ》れた軟式球が当たった程度ですからねえ……。ボール以外に、強く頭を打った所見も見られませんし……」

看護師が笑いを堪《こら》えるのも納得できた。雄太だって、他人のそんな馬鹿げた話には、笑い転げるに決まっている。子供の投げた軟式球で記憶喪失など、豆腐の角に頭をぶつけて……という話と同レベルに思えるからだ。けれど当事者として、まるで過去を思い出せない事実の前では、笑うに笑えない。

一応名前が判っても、実感がないのでは演劇で役名を与えられたようなものでしかない。

過去のない自分は、地に足がついた気すらしなかった。

「実際、かなり珍しい症例だと思います。その程度の衝撃で記憶障害が起きるとは……。CTなどの検査では、脳に異常は見られませんしねえ……」

首をひねる医者に、雄太はますます不安になった。

「あのう、それって原因不明ってことでしょうか？」

「いやいや。恐らく原因は、一時的混乱によるものと説明はつきます。ただ、極めて珍しい症例というだけで……」

「それじゃあ、すぐに記憶は戻るのですね？」

勢い込んで尋ねる雄太に、無情にも医者は首を振った。

「すぐにかどうかは解りません。短期記憶障害か長期記憶障害かは、まだ判然としません。翌日回復するケースもありますが、一年経っても戻らない、ということもあり得るでしょう」

「長期記憶障害って、ま、まさか一生このままということも？」

恐る恐る尋ねると、のっぺりとした白い顔が今度は縦に振られた。

「その可能性もゼロではありません。ただまあ、脳の萎縮《いしゆく》も見られませんので、そのうち戻るでしょう。残念ながら、いつどうなるとは言えませんが……」

薬も治療方法もなく、記憶が戻るのをただひたすら待つしかないのだと知り、雄太は愕然とした。

「焦《あせ》らずに、気長に、リラックスしていた方がいいでしょう。案外ひょんなきっかけで記憶が戻ることは多いものです」

医者はそう言って話を締めくくった。

その後、一応事故ということで警察から簡単に事情聴取も受けたのだが、その際に雄太は、自分が両親を二年前に事故で亡くしていることを知った。

「ほかに、あなたの身元を引き受けられる血縁者がいればよかったのですが、すぐに連絡の取れるご親戚はいないようですね……」

事情を説明してくれた警官は、雄太が天涯孤独《てんがいこどく》の身の上であることを気の毒がってくれたが、その時には実感は湧かなかった。なにせ家族の記憶も失われてしまっているのだ。

雄太が昏倒した事故については、事件性もなかったということで、警察からの調べは簡単に済んだ。

そして一晩だけ病院で経過を見て、昨日にはこの部屋に戻ってきたのだった。

「はああ、まいったなあ……。それで、どうなるんだぁ？」

白い天井を見つめ、さらにもっと上にいるはずの神様に尋ねるように、独り言を吐《は》いた。

実際、どうすればよいのか見当もつかない。

うらなりの大根のような医者は、「焦らずに、気長に……」などとのたまっていたが、とてもそんな気分にはなれない。

自分自身の得体がしれないことへの不安たるや、半端《はんぱ》なものではないのだ。

寄る辺《べ》が何もないのだから、それも不思議はなかった。

「まあ、なんとかなるさ……」

自らを励ますようなセリフを吐くが、すぐその後に溜息が出てしまう。

「くよくよ考えても、どうにもならないし、こんな体験は、そうはできないだろうから、いっそ楽しんでしまおうか」

医者が言うように、なんとか気持ちを前向きにしようと試みても、どうしても不安が先立つ。なんとか、記憶を取り戻すための努力はしなければならなかった。

のっそりと起き出した雄太は、汚れたパンツの替えを取り出して穿《は》いた。とりあえず昨夜は部屋のあちこちを探索し、どこに何があるかくらいは把握している。

冷蔵庫にあったもので適当に朝食を済ませると、再び部屋の中を探索しはじめる。

他人の部屋のような印象のアパートは、さほど広くもなかったが、出てくるもの全てに目を配るので意外と時間がかかる。そもそも今の雄太には、何を探せばいいのかも判らないのだ。

「とりあえず、記憶のとっかかりになりそうなもの……」

片っ端《ぱし》から棚や引きだしを探し、めぼしいものをテーブルの上に集めて、詳細にそれらを調べた。

病院に担ぎ込まれたときに所持していたスマホや財布は、中でも有力なアイテムではあったが、すでに昨日、ろくに手がかりにならないことは確認済みだった。

着信履歴やメールは、几帳面に消去されていたのだ。幾つものアドレスや番号は登録されていたものの、自分にとってどれが重要なものなのか、見当がつかない。

「僕には家族もいないし、誰が知り合いかもわからないのか……」

そうしていると、この世で天涯孤独であることが身に沁《し》みてしまい、言い知れぬ寂しさと哀しみを覚える。その思いが、記憶を取り戻したいとの意を強くさせた。

「思い出くらい、取り戻さなくちゃ……」

気を取り直し、財布の中身を確認すると、いくつかのポイントカードとレシート、現金とキャッシュカードとありきたりのものが出てきた。けれど、それも記憶の断片はおろか取っ掛かりにもならない。

現金は、小銭も合わせて四一六三円也。

病院に支払った二万円がとにかく痛かった。

「心細い金額だよなあ……。この口座にいくら入っているかも判らないしなあ……」

キャッシュカードを弄《もてあそ》びながら、これからどれだけのお金が必要になるのかも分からず途方に暮れた。

「あれ、待てよ……これ、使えない！」

不意に、口座から金を引き出すのに暗証番号が必要なことに気づき、頭を抱えた。自分で設定したはずの番号すら、思い出せないのだ。カードを再発行すれば、新たな暗証番号を設定できるが、すぐには無理だ。

「うわああっ！　四千円でどうする？」

焦って部屋のどこかに、お金がないか探しはじめる。

棚の上に、小さな貯金箱を見つけ、その中に三百円ほど。引きだしの中にあった封筒に三千円。全て合計しても一万にも満たない。

キャッシュカードの口座と同じ番号の通帳を見つけたが、そこに記帳されている残高は、わずかに五千円だった。

記憶がない上に、お金までないことに雄太の不安はさらに募《つの》った。

2

「心細いけど、パニクったってしょうがない。取るべき行動は一つ。なんとかして記憶を取り戻すのみだ」

自分に言い聞かせるようにして、雄太は心を落ち着かせた。

（でも、どうやって……）

言わずもがなの問いかけが、頭の中でリフレインする。

「焦らずに、愉しもう。映画みたいなこんな経験二度とできないぞ……」

前向きに捉えようとする今日何度目かの試みを自らに課した。

やはりキーとなりそうなのは、たびたび夢に現れる彼女の存在だ。

病院ばかりでなく、今日も彼女との甘い夢を見ている。

記憶がないせいか、夢の中の彼女はいつもおぼろげでしかない。それでいて、自分にとって大切な誰かであることは、本能的に理解できた。

恐らくは、恋人だろう。

彼女が誰であるのか、自分にとってどういう存在かを、どうしても突き止めたかった。天涯孤独の身の上を知り、その思いを強めていたし、それが記憶を取り戻す近道であると、直感めいたものを感じている。そして何よりも、愛しているであろうはずの女性を思い出せない自分に、苛立《いらだ》ちを感じた。

「だから焦るなって。焦《じ》れれば焦れるほどドツボに嵌《は》まるって、医者のうらなり先生が言っていたじゃないか……」

自らを宥《なだ》めながら雄太はさらなる手がかりを求め、机の上に拡げたものを再度確認しはじめた。

手に取ったのは、合皮の黒い名刺入れ。吊るしてあった背広のポケットから見つけたものだ。名刺入れには、河内雄太の名前が記された十枚ほどの名刺があった。

「えーと、株式会社杉山《すぎやま》商事……。食品事業部 販売二課かあ……」

会社名を見てもあまりピンと来ないが、ここが自分の職場らしい。とりあえず自分が当たり前の勤め人であると確認でき、少しだけホッとした。

少なくともなんらかの組織に所属している自分を発見できたのだ。

早速、すがる思いで会社に電話をかけてみるが、あいにくその日は日曜日で休みの案内が流れるばかりだった。

「そっかあ。日曜じゃ休みなのも当然か。会社は明日あたるとして……」

次に雄太が手に取ったのは、何年も使い続けているらしい革製の手帳だった。

その古びた黒革の手帳には、仕事のメモからプライベートなことまでが綴《つづ》られている。

納品書や伝票の類《たぐい》もあったが、杉山商事の印刷があるので、取引先への商品の控えか何かだろう。ＴＶＣＭなどで聴きなれた食品名が書かれていることから、杉山商事は食品の卸《おろし》会社か何かのようだ。

「ＴＶＣＭや商品名は思い出せるんだなあ……」

人間の脳とは不思議なものだと、今更《いまさら》ながら気づかされる。社会的な知識などはすっと出てくるのに、自らの過去に関する部分は、ぽっかり穴が開いたように欠落しているのだ。

認知症や健忘症などと違うことは、昨日のことを忘れていないことからも確からしい。

「やっかいだなあ」

ため息交じりに独りごちて、ぱらぱらと手帳をめくる。

スケジュール帳らしきページとメモ書きの一部を付き合せてみると、まるで時系列に沿って整理されていないことが判った。

挙句は「むかつく」とか「ラブリー」などと感情的なメモまでが出てきて、雑多に思いつくまま、なんでもかんでも書き込んでいる印象だ。

「僕はメモ魔か。しかもかなり整理が苦手なタイプらしい……」

その独り言のままを手帳に書き綴る自分を見つけ苦笑した。そんな癖《くせ》にも、どこか自分を見付けたような気がしてわずかにホッとする。

「たぶんこの手帳が、僕を彼女に導いてくれる……」

そんな確信めいた想いを胸に、雄太は手帳を読み漁り、その中に頻繁《ひんぱん》に出てくる幾人かの女性の名前とアドレスをピックアップした。

3

どこから見ても高級そうなマンションの前で、雄太はかなり気後《きおく》れしつつ部屋番号をインターフォンに入力した。

「はーい」

ほどなくして、その声だけでも美人と判る女性がインターフォンに出てくれた。

「あのう……。河内雄太です……。先ほど、ご連絡した……」

内心のドキドキが、そのままドギマギとなり言葉にも表れる。

「はーい。どーぞー」

語尾にハートでも付いているかのような甘い返事に、雄太は意味もなく汗をかいた。

間違いなくこの声の主が、黒革の手帳にあった香川《かがわ》のり子であるようだ。手帳の一番初めにその名を見つけたため、まずは彼女に会いに来ることを決めたのだった。

電話でアポを取りはしたが、まだ彼女には、自分が記憶喪失であると話していない。

どういう知り合いであるのかも判らないし、第一電話で説明しても冗談としか受け取られないような気がしたからだ。

エレベーターで六階まで上がり、アルミ製とも鉄製ともつかぬドアの前で今一度身なりを直し、ドア横についた呼び鈴を押した。

「はーい」

インターフォン越しよりも、さらに艶《つや》めいた声が玄関ドアの向こうから届いた。雄太の到着をそこで待っていてくれたらしい。

ガチャリと扉が開かれた途端、押し寄せてきたのはバニラ系の甘い香り。どこか懐かしさを伴《ともな》う匂いに、「おや？」っと思ったものの、その記憶は水泡の如く儚《はかな》く消えてしまう。

玄関ドアを支える手指が、繊細なガラス細工のようだ。

「あ、あの。僕、河内雄太です。僕のこと、判りますか？」

ロングヘアをポニーテールに束ねた若妻然とした美女が、雄太のその言葉にポカンと口を開けた。かと思うと、いかにも面白い冗談を耳にしたという風に艶《あで》やかに笑い出した。

「ふふふ……。なあに雄太くん。ギャグか何かのつもり？　それとも新手のプレイなの？　いいから入って……」

その口調と、気安く部屋に上げてくれるその様子から、彼女が雄太と親密な関係にあることは間違いない。ようやく自分を知る人に出会えて、心の底から安堵した。

美しい肢体がくるりと回れ右をすると、肉付きの良いお尻がふるんと揺れて雄太を誘った。

「ほら、何ぼんやりしているの？　いいから上がって」

記憶のない雄太にしてみれば、初めて訪れた部屋に等しく、躊躇《ためら》いが生まれるのもやむを得ない。そんな様子を遠慮と受け取ったのか、半身になったのり子が雄太の腕を取り、部屋の奥へと導いてくれた。

（うわああおおっ！　の、のり子さんのおっぱい、やわらかっ！）

オフホワイトのサマーニットを大きく盛り上げた胸元が、肘にやわらかく当たっている。

意図的なものかハプニングなのかは判らないが、まるで気にする様子のない気配から、さらに二人の距離感が判った気がした。

「急に、ウチにくるなんて言うから焦っちゃった……。お掃除する暇もないのだもの」

ちょっぴりふくれて見せる彼女だったが、そのセリフとは裏腹にリビングはきっちりと整頓されている。

（二十代半ばか、いっていても後半くらいだろうなあ……）

華《はな》やかな美貌は、目鼻立ちがくっきりとしていて、どちらかと言えば洋風のイメージを与える。その中にあって、少しだけしもぶくれ気味の頬《ほお》が日本人らしい印象を強めていた。ただ美しいだけではなく、あどけなさにも似た透明感が、その面差《おもざ》しには現れている。

飾り気のない服装でも十分以上にゴージャスと感じさせるのは、その優美な所作ゆえかもしれない。

ゆったりとした腕の動きで雄太をソファーに腰かけさせると、自らは対面キッチンの向こう側に行ってしまった。

「あの、突然ですみません。僕……」

なんと言葉を続ければいいのか惑う雄太を、やわらかな微笑が包み込む。

（うわああ、のり子さん。どうしてこんなに色っぽいのだろう……）

言葉を探さなければならない状況であるにもかかわらず、雄太の頭の中はのり子の色香でピンクに染められている。

「うふふっ。どうしちゃったのかしら。雄太くん、別人みたい……」

手際よくコーヒーを用意するのり子。たちまちのうちに焙煎《ばいせん》されたコーヒー豆の香ばしい匂いが立ち込める。

「あの、僕ぅ……」

まるで思春期の少年のような自分が、照れくさいやら恥ずかしいやらで、額に汗が滲《にじ》んだ。

ほどなくのり子は、コーヒーカップを載せたトレーを手に、こちらに戻ってくる。

優美な手際でカップを二つテーブルに並べ、当たり前のように雄太の隣に座った。

（えっ？　うわあぁ……。のり子さんの太ももが僕の太ももにあたってるぅ……）

まさか隣に座るとは思わずにいた雄太は、危うく中腰になりかけた。

「ねえ、本当にどうしちゃったの？　雄太くん、変よ……。それとも、さっきの妙なプレイの続き？」

雄太の瞳の中を覗き込むかのように、ゴージャスな美貌が向けられた。

（か、顔近っ！　うわああ、大きな瞳……。まつげ長っ！）

どぎまぎしている割に、見るべき所は全て見ている。

（ぷるんとした唇も魅力的だぁ……。ど、どうしよう。おっぱいの先端が胸元にあたりそうだよ……)

まさか仰《の》け反《ぞ》るわけにもいかず、かといって前のめりになるわけにもいかない。自然、雄太はカチンコチンに固まって、身動きもできずにいた。

「まあ、赤い顔して。風邪でもひいてるの？」

しなやかな手指が太ももに置かれ、人肌の温《ぬく》もりがじんわりと伝わった。

軽くお尻を持ち上げ、前のめりにおでこを突きだすのり子。つるんとした剝《む》き玉子のような額が、ゆっくりと近づき雄太の同じ場所にあてがわれた。

(近い、近い、近いっ！　うわわわわっ、のり子さんの息が……っ！)

甘い息が鼻先に吹きかけられ、もう雄太にはどうリアクションを取ればいいのかさっぱり判らない。

(お、おっぱいいいいっ！)

存在感たっぷりのふくらみがふるんとサマーニットの中で揺れ、雄太の顎のあたりをくすぐるのだ。

まるで童貞少年のようにのぼせ上がった雄太は、さらに顔を真っ赤にさせて茹《ゆ》でダコのようだ。あまりに頰が熱く、鼻血が出るのではないかとさえ思えた。

4

「うーん。熱はなさそうね……」

小首を傾《かし》げながら、ようやく美貌が遠ざかっていく。

ホッとしたような、残念なような、複雑な気持ちにさせられた。

間近に来て、えも言われぬ色香を発散させている眦《まなじり》のほくろ。その印象的なほくろには、確かに見覚えがあるように思われ、雄太は意を決して口を開いた。

「あ、あの、のり子さん……」

美貌は少し距離を置かれたとはいえ、依然として雄太の隣、つまりは至近距離にある。しかも、彼女の掌は雄太の太ももに置かれたままなのだ。

照れまくる雄太は、なるべくその瞳を避けようと、視線を彷徨《さまよ》わせた。

そうでもしなければ、彼女に襲いかかってしまいそうになる。

ほとんど一目惚《ぼ》れと言っていい。けれど、記憶がないとはいえ、初対面ではないのだから、やはり一目惚れはおかしい。

（きっと記憶を失う前の僕も彼女のことが好きだったに違いない。だから、こんなにドキドキするんだ……）

胸の高まりをなるべく意識しないようにして、雄太は再度口を開いた。

「笑わずに聞いてくださいね……。今、僕、その、記憶喪失なんです……」

言葉を選ぶ余裕もない。頭に浮かぶ単語をそのまま口にするばかりだから、説明にもなにもなっていなかった。

「記憶喪失って、あの記憶喪失？　雄太くんが？」

きょとんとした表情で反復する彼女に、ひとつひとつ頷く雄太。

「一昨日、公園を歩いていて……。小学生がキャッチボールしていたボールが頭に当たったらしくて、それで……」

医者から聞いた状況説明をまくし立てた。

のり子の大きな瞳が、ぱちくりと瞬《まばた》きをする。

ふざけていると取られ、信じてもらえないのではないか。ばかばかしいと、笑われてしまうかも。

そんな心配を抱いていたが、意外にものり子の気配が変わり、やさしく包み込むような眼差《まなざ》しを注いでくれた。

「だから、その……。記憶を取り戻したくて……。見つけた手帳に、のり子さんの名前があって、それで……」

　あまりにやさしい眼差しのためか、記憶喪失の不安を抱え込んでいたせいか、雄太は瞳に涙を浮かべていた。自分の過去を知っている女性とめぐり会えた安堵感が、涙《るい》腺《せん》を緩めてもいる。

（どうしてのり子さんの前では、少年みたいになっちゃうのだろう……。まずい、このままでは、泣いちゃう……）

　込み上げる感情を抑《おさ》えきれなくなり、本当に雄太は泣き出した。

「そうなの……。大変だったのね……。不安だったでしょう？　大丈夫よ、もう大丈夫だから……」

　のり子の優しい両腕が、ふんわりと羽を広げるようにして、雄太の頭を包み込んでくれた。ふくよかな乳房のやわらかさにも、もう雄太はどぎまぎせず、ゆったりとした安心感に包まれていく。

「大丈夫よ。雄太くんは思い出せなくても、私は雄太くんのことをいっぱい知っているわ……。ほら、もう泣かないの……」

　暖かいゆりかごのような腕の中で、雄太は少し自分を取り戻せた気がした。

（きっと僕は、この人のこと好きだったのだろうなあ……。夢中だったのかも）

美しくもやさしい彼女に、雄太はすっかり魅了されていた。

「みんな、忘れちゃったのよね？　私のことも……」

雄太の瞳を覗き込み、悪戯《いたずら》っぽく微笑みかけてくるのり子。髪の中に手指が挿《さ》し込まれ、やわらかく梳《くしけず》られる。

鼻先にあたる豊かな谷間は、わずかに乳臭さのような匂いも感じられた。

「私と雄太くんが出会ったのは、雄太くんが高校生の頃。もう私は人妻だったわ」

〝人妻〟という響きに、雄太は少しだけがっかりした。薄々そうだろうと感じていたものの、はっきりと聞かされると、やはりショックだった。

「学校の帰りで見初《みそ》めたとかで、雄太くんったら、一目惚《ぼ》れしましたぁなんて、突然アタックしてきたのよ」

うれしそうな懐《なつ》かしむような表情で、彼女は聞かせてくれた。それも頭をやわらかく抱きしめたままで。

「僕って、けっこういい度胸してたんですね」

泣いてしまった照れ隠しに、少しおどけてみせる。

「ねえ。人妻にいい度胸よね。でも、うれしかったの。八つも年の違う男の子に言いよられて……。主婦になった途端に、夫は私に見向きもしなくなっていたし……」

八つ違いということは、今ののり子は三十二歳になるということだ。とてもそんな風には見えないが、フェロモン全開の色っぽさの理由は分かった気がした。

「だから、カワイイ雄太くんの想いに応えたくなっちゃったの……。でも雄太くんたら、緊張した面持《おもも》ちで、私が初めての女性だって……。ホント、いい度胸してたわ」

のり子がクスクス笑うと、ゆたかな胸元もやわらかく揺れた。

（このおっぱいが、僕の初めてのものなんだぁ……）

うれしくも甘酸っぱい想いに、なぜ自分がこの人の前で少年のようになってしまうのか判ったような気がした。

「不倫の関係だけど、それからもずっと二人は続いているのよ……」

羽毛のような腕からスッと力が抜け、女体が少し後方に退《ひ》いた。

できあがったスペースを、傾けられた美貌が埋める。

ふっくらぷるんの唇が、雄太の同じ器官にあてられた。

5

「んっ……。うふぅ……。色々なことは忘れても、キスの仕方は覚えているのね」

マシュマロのような唇が、くっついては離れる。雄太は夢中でその唇を貪った。

「むほっ、ああ、のり子さん……」

しなやかな手指が頰をなぞり、さらにはその手がゆっくりと下へ下へと降りてゆく。

胸板をさすられ、お腹のあたりを経由して、ついには股間のあたりへと移動してきた。

「こんなことをしたのも、忘れたの？」

悪戯をするように下腹部をくすぐられ、やわらかく太ももをまさぐられ、また股間を揉まれる。

「ふぐ、ぬううっ、あ、おあおぅ……の、のり子さぁぁん……。」

目を白黒させ受け身でいる雄太に、のり子は瞳を潤ませ、しなだれかかってくる。

「初めての時にしたみたいなこと、もう一度してみる？　そうすれば思い出すかもしれないわよ……」

耳元でハスキーに囁かれると、もういけなかった。紛《まぎ》れもなく惚れた相手なだけに、どストライクに彼女はいる。

肉感的な女体も、雄太好みなのだ。

「人妻のくせにふしだらだなんて思わないでね。雄太くんに思い出してほしいから、こんなことするのよ」

急速に血液が集まる下腹部を、やわらかく揉みしだかれ、やさしく擦られするうちに、若牡《わかおす》の性欲は暴走しはじめる。

「ぼ、僕も、のり子さんとのこと思い出したいです……。も、もっとしてください！」

ただ受け身でいることを止《や》め、魅惑のナイスボディにおずおずと掌をあてがった。叱られたりしないか、嫌がられたりはしないかと、ほとんど童貞ボーイのようなことばかりが頭を占める。

けれどのり子は、肢体に触れられて、ぴくりと反応はするものの、決して雄太を拒《こば》んだりはしなかった。

「うふふ。雄太くん、あの頃よりは、大胆じゃない。でも、ここはあの頃のままね」

悪戯っぽく笑い、ズボンのファスナーをゆっくりと引き下げるのり子。まるで窮地に陥った分身を救い出そうとでもするように、肉塊を解放してくれた。

「うおっ！　のり子さんの手、気持ちいいっ！」

すべすべした手指が、すぐに肉幹に巻きつき、むぎゅっと軽く握られる。たまらない締めつけに思わず呻《うめ》きを上げると、その唇に、ぽってりとした朱唇が再び覆いかぶさった。

「ほぐううううっ。ふぬうううううっ！」

のり子の朱唇の内側で、歓喜の雄叫《おたけ》びをあげた。

昂《たか》ぶりに任せ、雄太は肉感的な女体を積極的にまさぐる。

側面から背筋にかけて、ねっとりとした手つきで撫で回すのだ。記憶は失われていても、なんとなくどうすれば彼女が悦《よろこ》ぶか判る気がした。

「あん、上手ぅ……。背中、感じちゃう……」

ゆったりとした性感に浸《ひた》されたのり子は、その快楽をぶつけるように、勃起への手淫を熱心にさせていく。

肉皮を亀頭に被《かぶ》せては、親指でカリ首を擦り、さらにはもう一方の手で皺袋を弄ぶ。

ぐちゅ、じゅぐ、ずぢゅ、ずるん――。

反《そ》り返った肉塊に沿って、美しい指先が盛んに上下しはじめる。

あまりの心地よさに、粘ついた先走り汁を多量に吹き零した。繊細な手指を穢《けが》してしまい、申し訳ないような気がした。他方では、背徳じみた悦びに背筋をぞくぞくさせている。

「ああ、雄太くん、気持ちよさそう……。あの頃みたいにカワイイのね。いいわ。もう少し、大胆にサービスしてあげる」

胸板に押し付けられていた乳房が、雄太の上半身を擦るように下方へと移動していく。

雲のようなふわふわ女体を味わわせつつ、床に両膝を着き、雄太の両脚の間に陣取る。

濡れた瞳が、しっとりと上目づかいで見つめてくる。目もとのほくろまでが、艶《なま》めかしく誘っているようだ。お色気たっぷりの眼差しに、雄太は肛門をぎゅっと締め、猛々しくも勃起を跳ね上げて応えた。

「ああん。相変わらず、元気ねえ……。このおち×ちんが、いつも私を狂わせるの……。いけないおち×ちんを、こうしちゃうわ……」

ベージュ系のルージュに彩られたふっくらとした唇が、半ば開かれたまま亀頭部へと寄せられた。

朱唇と鈴口がチュチュッと口づけを果たすと、そのぷるふわ感にまたしても勃起を跳ね上げた。

「くふああっ！　のり子さん、そ、そんな……」

手淫で先走り汁だらけにされていたペニスは、相当にヌルついているはずだ。シャワーも浴びていない上に、新陳代謝が高いこともあって、饐《す》えた匂いさえしているだろう。

「汗臭い酸っぱい匂いがするわ……。男の子の匂い……。お口できれいにしてあげる」

膝立ちに腰を浮かせ、肉尻を左右にモジつかせている。

若牡を口淫することに背徳を感じ、美人妻は下半身を濡らしているのだ。もちろん、それは雄太の勝手な想像にすぎないが、のり子が発情していることは明らかだった。

「むふん、雄太くんのおち×ちん……ぶちゅちゅっ……熱くて……硬い……っ」

上下の唇に肉皮を挟まれ、ずるんと剝かれると、ベーっと伸ばされた牝舌《めすじた》が亀頭部を覆った。

生暖かく、少しザラついた舌腹の感触。女陰のやわらかさと、なんら変わらない気持ちよさだった。

レロン、レロレロ、ぶちゅちゅ、ちゅちゅっ――。

カリ首に幾度も朱唇が押し付けられたかと思うと、舌で舐《な》め回される。

「うふふ。きれいになったわ……。でも、もっと気持ちよくしてあげる……」

鼻にかかったスイートヴォイスが、雄太の耳を心地よくくすぐる。魔法の声が耳から入り、脳髄にまで達し、ドロドロに蕩《とろ》かされてしまうのだ。

「き、気持ちいいです。ああ、のり子さんのお口、最高だぁ！」

昂ぶる声をあげた雄太を、濡れた上目づかいがずっと見つめている。喜悦の度合いを確認しながら、着実に責めてくるのだから、若牡が追いつめられるのも無理からぬことだ。

雄太は、精一杯手指を伸ばして、太もものあたりにしなだれかかる乳房の感触を探った。

（夢の中のあの人も、こんなふうに積極的にしてくれたっけ……）

朱唇が、雄太の分身を深々と咥えては吐きだす。上品な唇とグロテスクな男性器が交わるその光景は、どこかアンバランスであり、ひどく淫靡《いんび》だ。

ぶぢゅっ、じゅぐちゅ、ぶじゅぐぢゅちゅっ、ずる、ぶちゅっ――。

肉柱に舌が巻き付き、水音をたててスライドする。右手に根元を絞られ、左手に皺袋を弄ばれて、雄太はやるせない射精衝動に誘われた。

「ぐわああっ、のり子さん、だ、ダメだっ！　もう射精《で》ちゃううっ、我慢できないよぉ！」

またしても童貞少年のように泣き言を漏らす雄太。けれど、甘えられる相手を前に、もう恥ずかしさはない。

「いいのよ……じゅるるる……私のお口に射精《だ》して……ぶぢゅ、くちゅっ……のり子に、雄太くんの熱いお汁を飲ませてぇ……ぐぢゅちゅちゅるる……」

まるで喉を鳴らすように、のり子が口腔射精を促してくれる。

凄まじい快楽と癒される安心感に包まれ、雄太は引き絞っていた肛門を解放した。

「うおっ！　射精《で》るよっ！　ああ、射精るぅぅっ！」

ズドドドッと尿道を精子が駆け上がる快感。雄太は頭の中を真っ白にして、悦楽に酔い痴れた。

ドクドクと白濁を喉奥に打ち込むと、のり子はそれが嬉しいとばかりに飲み干してくれた。

6

「うふふ。初めての時も、こんなだったわ。興奮しすぎた雄太くんは、抑えきれずに私のお口で果てたの……」

白濁の残滓《ざんし》を艶やかに舐め取ったのり子は、自らのスカートの裾を持ち上げ、ベージュのストッキングごとパンティを脱ぎ去った。上に身に着けていたサマーセーターも脱ぎ捨て、黒のブラジャー一枚を残し、そのまま雄太の太ももの上に跨《また》がってくる。

「射精してもコチコチに勃起しているのも、あの時のままね。ふふふ、雄太くん、本当に変わらない……」

陶然とのり子を見つめていると、ぷるふわの唇がキスを求めて近づいてくる。雄太は女体をぎゅっと抱きしめて、その唇を迎えた。

上下の口唇で、ぷるふわを啄《ついば》み、舌先でルージュを舐め取る。

むふっ、はふぅ、ほむふう、と熱い口づけの合間に、悩ましい鼻息が漏れるのは、肉柱に女陰を擦らせているからだ。

想像していた通り、のり子は既にたっぷりと愛液を滴《したた》らせていて、その潤滑油を肉塊に塗りつけてくる。

挿入はしていないものの、粘膜同士の擦りつけは、交わっているのと変わりない。

「くふぅっ、ああ、のり子さんのおま×こ、熱いっ！」

「そ、それは、雄太くんのおち×ちんも変わらないわっ……。本当に熱くて硬い、おち×ちん……」

ゴージャスな人妻の唇から淫語が零れ落ちるのは、不思議な気分にさせられる。きっと、雄太の興奮を誘うためにわざと言っているのだろう。

「ああ、欲しいっ！　挿入《いれ》ちゃうわね……」

ついにもどかしくなったのか、美人妻は蜂腰を持ち上げて、切っ先を探った。

「の、のり子さん！」

昂ぶる雄太も、腰のくびれに手をあてがって入り口を探る。

ぬるぬるのクレヴァスに亀頭部が当たったかと思うと、やや前のめりになった女体が、ぐぐっと下がって迎え入れてくれる。

「あぅんっ！」

くちゅりと淫靡な水音が立ち、硬い先端が肉孔の帳《とばり》を割った。けれど、大きくエラの張った亀頭は、いくら人妻でも容易《たやす》くは呑み込めずにいる。

「ああっ、雄太くん、相変わらず大きい……」

美貌が、天を仰いで呻いた。

「ううっ、すごいわ。おま×こ、拡がっちゃう……」

時が止まるかと思われるほどゆっくりと亀頭が女陰にめり込んだ。切っ先がズッポリと嵌まると、パツパツに拡がった膣口がズズズッと垂直に肉幹を咥え込む。

屹立を迎え入れた女陰は、そのあまりの肉棒の質量に、きゅきゅっと収縮を繰り返した。

「あわわわっ、すごい。のり子さんが蠢《うごめ》いている！」

それでも勃起肉を奥へ奥へと受け入れるのり子。吹き零した愛液のおかげで痛みはないようだ。

「ううっ……雄太くん、すごいわっ……。極太《ごくぶと》にみっしり満たされて、奥まで開かれちゃうの……」

人妻は朱唇から呻吟《しんぎん》を漏らし、悩ましく眉根を寄せている。女体には脂汗《あぶらあせ》が滲み、絹肌を光り輝かせている。

「ああ、雄太くんのおち×ちん本当に凄い。おま×こが、雄太くんの容《かたち》に……」

やわらかくしなやかな女陰が、柔軟に雄太の分身を受け止める。亀頭のふくらみ、エラの張り、血管でごつごつした肉幹。まさしく雄太の肉棒そのままに、ヴァギナが変容するのだ。艶腰《つやごし》が沈むごとに、鼻にかかった喘ぎが派手になった。

「ふうんっ……あううっ……あ、ああ、あぁんっ」

雄太の快感も半端ではない。ぬめった粘膜に切っ先を包まれた瞬間から、腰が痺れるほどの快感に襲われている。先ほどしてもらったフェラチオの数倍はいい。

「ほうぅぅっ！」

牝獣のような甲高い呻きと共に、腰部が完全に落ちた。滑らかな尻たぶが雄太の太ももに擦れている。

「ああ、大きい……。雄太くんの太くて、大きなおち×ちん、気持ちいいわぁ……」

ピンクの被膜をかぶせたようなとろんとした瞳で、再び唇を重ねてくるのり子。あまりにも色っぽく、可憐な女ぶりに、射精したばかりの雄太の性感は一段とボルテージを上げた。

「ああん、お腹の中で、おち×ちんが跳ねたわ……。逞《たくま》しさまで、あの頃のままなのね……」

身を震わせて喜悦をやり過ごす人妻に、たまらず雄太は下から突き上げた。

ねっとりと絡みつく肉襞がきゅんと窄《すぼ》まり、雄太にも悦楽が湧き起こる。

熟れたヴァギナの感触は、とてつもなく素晴らしい。男を蕩かす官能の坩堝《るつぼ》なのだ。

それでいて、雄太は違和感のようなものを感じていた。

(あれ、だけど、何かが夢とは違っている……?)

口淫で一度発射して、多少の余裕が生まれているからこそ、それと感じることができた。

夢の印象が強すぎるのか、はたまた何かを思い出しかけているのか、何かが微妙に違っている気がする。

その違和感の正体を探ろうと、再び雄太は腰を突き上げた。

「あ、ああっ、あぁぁんっ……。ま、待って。ねえ雄太くん、ちょっと待って……」

ゆったりとした律動を繰り出す雄太の胸板に手をあて、のり子が静止を求めた。

「ど、どうしてです……?」

先走る雄太に、申し訳なさそうな表情でのり子が謝った。

「ごめんね、雄太くん。ちょっとだけ話を聞いて……」

真剣な表情に、やるせなく込み上げる情動を抑え、その話に聞き入った。

「さっき一つだけ、雄太くんに嘘をついたの……。ホントはね、私たちの関係はだいぶ前に終わっていたの。不倫の関係に私が辛くなってしまって……」

「ええっ！　そ、そうなんですか？　じゃあ、どうして僕ともう一度なんて」

てっきり恋人はこの人と思い込んでいた雄太は、少しだけ落胆すると同時に、どことなく感じていた違和感に納得するものがあった。

「だって、純情だったころの雄太くんを思い出してしまったから……。ピュアな頃の雄太くんを……。それに、私のことをやっぱり思い出して欲しくて……。だから、ごめんなさい」

打ち明けたのり子は、繋がったまま頭を下げ謝ってくれた。

「いいんです。そんな小さなウソ……。それよりも僕はうれしいです。のり子さんと、もう一度初体験できて」

はにかむように笑う雄太の頬に、のり子の唇がやさしく押し当てられた。

「うふふ。記憶を失くしていても、雄太くんのやさしさは変わっていないのね……」

のり子は自らの背筋に腕を回し、黒のブラジャーを外していった。

支えを失くした乳房が、ぶるんと零れ落ちる。

エキゾチックな印象の美貌に違《たが》わず、そのたわわなふくらみも西洋の果実を思わせる。悩ましくも白く熟れ、ぷーんと淫靡な香りを漂わせそうだ。

「どうかしら？　私のおっぱいを見て、何か思い出した？　いっぱい愛してくれたのよ……」

そんな問いかけをするのり子だったが、残念ながらピンと来るものはなかった。やはり夢の中の女性ともどこかしら違う気がする。

申し訳ない気持ちで首を左右に振る雄太の頬に、またしてものり子が口づけをくれた。

「あん。いいのよ。雄太くんは何も悪くないのだから。無理に思い出そうとしないでいいの。こういうことは焦らない方がいいと思う……。きっと、自然に記憶も戻るはずよ」

宥めてくれるのり子のやさしさが身に染みた。こんなに素敵な女性を思い出せない自分に焦れる想いも、彼女に癒されていく。

くびれた腰が、ゆるやかに蠢きはじめた。

7

「初めての続きをしましょう。あの時みたいに……」

大きな瞳が瞑《つむ》られ、婀娜《あだ》っぽい腰の前後する幅が徐々に大きくなった。

じゅぷ、ぬっぷ、ぐぢゅ、ぢゅっぷ――。

熟女の練《ね》り腰に、雄太の性感も振幅の幅を広げていった。

ソファーの上で対面座位で、美人妻と交わるしあわせ。しかものり子は、積極的に見せつけるように、官能を露《あら》わにしてくれるのだ。

「うおっ！　のり子さんのおま×こが、僕のチ×ポを喰いしめている……」

雄太の感想に、眦のほくろが左右に揺れて、恥じらいを滲ませた。紅潮したツヤツヤの頬が、この上なく色っぽい。

「いやな雄太くん……。そうよ。私も感じちゃっているから……」

素直な感想を人妻が述べると、女陰の蠕動《ぜんどう》はさらに大きくなる。羞恥が彼女を高ぶらせ、より淫らにさせるのだろう。

「うれしいです。のり子さん。僕、のり子さんがいっちゃう時の表情を見たいです！」

興奮の色を濃くして、雄太はのり子の乳房へと手を伸ばした。

掌に余るふくらみを恭《うやうや》しく下から持ち上げ、むにゅりと容《かたち》を潰すのだ。

「あうんっ、ほおおおおぉっ！」

手指の間から白い熟れ肉をひり出し、のり子の喜悦を搾り取る。

雄太のお腹に手をついて下半身をくねらせていた彼女は、つらくなったのか前のめりに倒れ込んできた。

途方もなく柔らかい女体が、しなだれかかるようにまとわりついてくる。

その背筋に雄太は、両腕を回した。

白い玉の肌は、ビロードの手触りにも似て、ただ触れただけで手指の性感を心地よく刺激してくれる。

極上の触り心地にゾクゾクした悦びを感じながら、なおも滑らかな背中に掌を這わせた。

「あうっ……ああ、雄太くん、上手ぅ……背中、感じちゃうわぁ……」

小さな頭が、くいっと持ち上げられ、甘い愉悦を味わうような官能的な表情を目の前に晒してくれる。

鉤《かぎ》状にした手指で、触れるか触れないかの強さを心がけ、つつつーっと背筋を刷《は》いていくと、ぽってりとした唇が、艶めかしくも愛らしい吐息を次々と漏らした。

「つく……んんっ……くふん、ふああ……あ、ああっ！」

官能をさらけ出すのり子に、たまらなくなった雄太は、ブリッジをするように腰をぐいぐい持ち上げた。

女体が、びくんと震える。背中をまさぐりながら律動を速めると、女体の震えはびくびくびくんと大きさを増し、ついには大きな身悶えと化した。

「あはあん……くふぅ……んああ……あ、あ、ああん……っ！」

美声が少しオクターブを上げ、艶《なま》めいた喘ぎへと変わっていった。

「ああ、のり子さんが感じてる。僕のチ×ポでのり子さんが、感じてるんだ！」

「そうよっ、雄太くん。のり子、雄太くんに愛されて、感じているのぉ！」

のり子の手指が、雄太のＴシャツをたくし上げる。現れ出た胸板に、朱唇が吸いついた。

「うほっ！」

ちろりと伸びた舌先で小さな乳首を舐められたかと思うと、ちゅっちゅっと音をさせて吸いつかれた。

「わああ、の、のり子さ～ん！」

お腹のあたりでナマ乳が、ぶにゅにゅんと心地よく潰れては、柔らかく弾《はじ》き返され、乳肌がしっとりとまとわりつく。

「うぐふっ、のり子さん、それ……ぐぶふぅっっ！」

「それ、どうしたの？　気持ちいいの？」

悪戯な舌先がくすぐるように乳首を転がす。ざわざわと目覚めゆく性感に、肌が鳥肌立った。

「そう。すごく、気持ちいい……くっ、くすぐったいような、疼《うず》くような……」

「乳首敏感なのね……。硬くしこってる……ああ、雄太くぅん」

甘えるような、媚《こ》びるような、悩ましい嬌声。雄太が尻たぶに手をあてがい、ぐいっと自らの勃起の方へと引きつけたからだ。

ほぼゼロ距離に密接した肉体同士が、さらに結合の度合いを高める。

「あ、だめっ！　そんな奥深くまで、ああ、届いちゃうぅっ！」

雄太としては、根元まで埋めることを欲しただけだったが、のり子にも快感が及んだようだ。

肉感的な割に華奢《きゃしゃ》とも思える女体が、びくびくんと激しい痙攣を起こした。

子宮口をごりんと擦られ、軽くイッたらしい。

「ほふぅ……。ああ、逞しいおち×ちんに塞がれるのって、やっぱりしあわせぇ」

初期絶頂に頰をツヤツヤさせて、屈託なく微笑むのり子。悩ましく細腰を捩《よじ》り、恥ずかしい本音を漏らしている。柔襞が悦びのあまり、蠢動《しゅんどう》を繰り返していた。

「ねえ、雄太くん。もっと欲しいっ！　のり子、もっとイキたいの……」

いよいよ発情を露わにした人妻は、セクシーに唇を潤《うるお》しながら、しなだれかかっていた上半身をゆっくりと持ち上げた。

少しだけ細腰が前方へ移動するのに併《あわ》せ、雄太は持ち上げていた腰をソファーに落とした。

くちゅくちゅんと淫らがましい水音がたつ。引き抜かれる寸前で、二人の腰がシンクロするように先ほどとは反対方向に動いた。

「きゃううう っ！　ああ、すごいっ……。ひ、響いちゃうぅっ！」

「ぐはああ、僕もです。すごく良すぎて、チ×ポが蕩け落ちそう！」

亀頭のエラ部分を、淫裂上部の敏感な場所にあてがうのり子。たちまち二人の快感がバチッと弾け、一段上の官能が怒濤《どとう》の如く押し寄せた。

「ああんっ……ねえ射精《だ》してぇ……のり子のおま×こに、いっぱい欲しいの……」

種付けを求めるおんなの本能からか、のり子は中出しを許してくれた。美貌を真っ赤に染め、急速に上昇する愉悦に、人妻のヒップの揺さぶりは我を忘れている。

「うぐぐふっ、そ、それ、いい！　のり子さん、最高だぁっ！」

快哉を叫ぶ雄太に、はしたない尻振りはさらに勢いを増す。引き締まったお腹を艶めかしく撓《たわ》めさせ、人妻はずりずりと尻たぶを肉塊の根元に、擦りつけるように前後させているのだ。

あらゆる肉路が、雄太を悦ばせる淫具と化し、凄まじい官能がかき立てられた。

「ああっ、おち×ちんが膨れてきたっ、もうイキそうなのねっ！」

切羽詰まった雄太をさらに追い込むように、艶やかな腰振りが繰り返される。

もやもやと湧き上がる射精衝動に、雄太もせわしなく腰を揺らした。

「あはんっ…ああん……はああ～……雄太くんっ、早くイッて……でないとのり子……イッちゃいそう！」

雄太の肩を支点にして、ぐちゅん、ぶちゅん、じゅぶぢゅっと抽送《ちゅうそう》させるのり子。膣奥まで迎え入れたまま、ずりずりと腰を練り込み、奥の奥に亀頭を擦らせている。

「ぐごぉっ！　ぐふぅううう〜っ……のり子さん……ああ、のり子さん！」

「あふん、ああ、だめっ、雄太くんのおち×ちんすごいぃ……。のり子っ、どんどん淫らになっちゃう〜ぅっ」

人妻のたゆとうていた官能の堰《せき》が切れたようだ。美貌を淫らに歪ませ、セクシーによがり啼いている。

「ああんっ……いいっ、ねえ、いいのっ……。気持ちいいっ！」

雄太を追いつめるための腰振りは、汲《く》めども尽きぬ自らの愉悦を追っている。淫蕩に腰がひらめくと、たわわな乳房がゆさゆさと揺らめいた。

「ふおん、はふう、はううぅぅ」

余命いくばくもなくなった雄太が、のり子の細腰に手をあてがい前後のグラインドを、上下の運動に変換させた。

ぐちゅん、ぶぢゅっ、かぽん、ぐぶちょ――。

真空状態になった肉壺から、屹立を引き抜く心地よさ。ぬかるんだ畝《うね》を、勃起で切り裂く快楽。雄太は口から涎《よだれ》が垂れるのにも気づかず、射精態勢を整えた。

「のり子さんのおっぱいも、おま×こも極上すぎて……僕、もうだめだあっ」

掌で、重々しく上下するふくらみを絞りあげた。ぷっくりと充血した乳首も、コリコリとした手ごたえと共にひねり潰す。

「ああん、いいわっ……イクっ！　のり子、イクぅっ！」

腕の力だけで、女体を持ち上げさせては激しく落とす。やわらかな肉ビラを巻き込み、肉塊を何度も何度も嵌め倒した。

「うおおおっ……。のり子さん、僕もイキますっ！　ぐああ、イクっ！」

勃起がはじけるかと思うほど大きく傘を膨らませた。続いて起こる痙攣のような射精。二度目の発射も、濃厚で多量だった。

膣中にたっぷりとまき散らすと、胎内の温度が上がった気がした。

「あふぅんっ！　ああ、熱いっ！　雄太くんの精子、あつぅいっ！」

灼熱の白い弾丸に焼かれ、断末魔ののり子が喘いでいる。二度目三度目のアクメを迎えているらしい。

熟れた女体を朱に染めて、悩ましくヒクつかせている。

「あぁ、素敵だったわ……。やっぱり雄太くん素敵よっ！」

いつまでも引かぬ絶頂の余韻に酔い痴れながら、うっとりとのり子が雄太の頬に口づけをくれた。

「また逢《あ》ってくれます？」

「もちろんよ」

雄太は熱っぽく乳房を弄びながら、やはりこの素敵な女性との過去を思い出したいと強く願った。

第二章　先輩のみだらな間欠泉

1

「河内くん。しばらく会社を休むことになりそうって、どういうことかしら？」

雄太のアパートの部屋をわざわざ訪れてくれたのは、会社の上司の桑野志乃《くわのしの》だった。

記憶喪失で休む旨《むね》を今朝ほど連絡したが、詳しい状況を説明しようにも埒《らち》が明かず、どこまで信じてもらえたか判らなかった。それでも、まさか上司が直接アパートを訪ねてくれようとは。

もちろん、雄太は、志乃の顔も覚えておらず、「どちら様ですか？」と、とぼけたやり取りからはじまり、とりあえず部屋に上がってもらったところだ。

「じゃあ、記憶喪失って、悪ふざけじゃないのね……」

わざわざ会社からそれを確認しに来るほど、普段の自分は悪ふざけが過ぎるのかと思いつつ、誤解を解《と》こうと事の経緯を丁寧に説明した。

「ですから、僕は何も思い出せなくて……」

真顔で必死になって説明する雄太に、ようやく志乃も信じざるを得なくなったらしい。

「でも、そんなことって……」

薬を上手く呑み込めずにいるような表情で、それでも美貌が頷きを繰り返している。

(この人の名前も、例の手帳にあったっけ……。こんなに美人だから、載せてたのかなぁ……)

課長の肩書の載った名刺と、その顔を何度も見比べるほど彼女は若々しく美しい。実際、雄太の安アパートにそぐわないほどの美人であり、掃《は》き溜《だ》めに鶴とは、こんな状況を言うのだろう。

(この人、いくつかな？　どう見ても二十代後半にしか見えないけど)

切れ長の大きな瞳。まっすぐな鼻筋。小高く盛り上がった頬。ぽちゃぽちゃっとした唇。ほっそりとした頤《おとがい》。どれ一つとっても完璧な極上美人なのだ。

理知的な雰囲気を滲ませ、一分《いちぶ》の隙もないにもかかわらず、冷たい印象は与えない。

それは、大和撫子《やまとなでしこ》らしい和風のやわらかさがあるからだろう。言ってみれば、竹のようなしなやかさに似ている。

ブランドものらしきスーツをびしっと決め、いかにもできる上司らしいオーラを纏《まと》っていた。

（でも、脱ぐと凄いんだろうなあ……。おっぱいなんて、あののり子さんよりもっとでかいかも……）

魅力的なのは、その美貌ばかりではない。むっちりと熟れたボディは、目のやり場に困るほどだ。

決して肥えているわけでもないのに肉付きが豊かで、いわゆる男好きのする身体をしている。中でも、Gカップはあろうかと思われる爆乳は、スーツの中に窮屈そうに押し込められて、今にもはちきれんばかりで悩ましい。

白いブラウスのボタンが二つも外されていて、胸元のペンダントが深い谷間で溺れていた。

（いいなあ、僕もあのペンダントみたいに、谷間に埋もれたい！）

魅力的な女上司の色香に、先ほどから表情がだらしなく緩みがちだ。

「それじゃあ、体の方はなんともないのね？」

心配そうに尋ねてくれる志乃に、雄太は「はい」と頷いた。

「そう。それで、これからどうするの？　有給を使うのは構わないけれど、安静にしていれば良くなるわけでもないようね……」

アルトの声がやさしく包み込むように言ってくれた。

「ええ。ですが、こんな状態で出社してもご迷惑をおかけするばかりでしょうし」

どんな仕事をしていたのかも思い出せないのだから、出社しても役立たずなばかりで、足手まといにしかならない。

（でも、こんな美人が上司なら、どんな仕事も苦にならないよなあ……）

そんなことを考えるうちに、雄太はもっと彼女のことを知りたいと思った。もちろん、記憶を呼び起こす切っかけになればとも思っている。

「あのー。ところで、僕ってどんな仕事をしていたんです？　そもそも杉山商事ってどんな会社ですか？　いえ、何か思い出せないかなぁって……」

雄太の質問がおかしかったのだろう。志乃が、少し表情を綻《ほころ》ばせながら会社の説明をしてくれた。

杉山商事が食品卸の中堅の商事会社であることや、雄太が所属する販売二課が乳製品一般を扱う部署であることなどが、まるで会社説明会さながらに説明された。

的確でわかりやすく、いかに志乃が優秀かを物語る説明だった。

「で、僕は、その二課を束ねる課長の部下って訳ですね？」

「そうよ。河内くんは、入社三年目で、まあまあ戦力になってきたところ……。今はメーカーさんと協力して、ヨーグルトの新商品開発のプロジェクトに携《たずさ》わっていたわ」

つい先日までの自分の仕事について丁寧に説明されるのは、なんだか不思議な気がした。それでも、数日前までの自分の足跡を見つけられて安堵する。

「あのう、課長から見た僕って、どんな奴でした？　仕事以外のことでも、なんでも構いません。教えてください」

「どんなって……。基本的にはまじめなタイプかな。ちょっとおっちょこちょいで、お調子者な面もあるわね。でも、そんなところが年上の女性にすると、放っておけないのかなあ。いわゆる母性本能をくすぐる存在ね」

そう答えながら志乃の頬が、微《かす》かに上気したように見えた。

ショートカットの髪もわずかに揺れて、ムスク系の蠱惑《こわく》的な香りが色濃く漂う。

「あ、あくまでも一般論としてだけど……」

雄太と視線がぶつかると、そんな言葉をあわてたように付け加えた。

一瞬、垣間見えた彼女の隙に、雄太は思わず付け込んだ。

「課長の母性本能もくすぐっていました？」

我ながらそんなことをよくしれっと聞けたと思う。

「えっ？　ええ、まあ、そんなこともあったかしら……」

立て直しを図《はか》る志乃に、この際だからと、彼女自身のことも聞いてみたくなった。

「母性本能って言っても、課長はまだお若いですよね？　僕とは十歳も違いませんよね？　ご結婚はされているのですか？」

「女性に年を尋ねるのはマナー違反ね。でも、本来の河内くんなら知っていることだから教えてあげるけど、三十五歳で独身よ」

どう見ても二十代後半にしか映らない彼女に、雄太は本気で驚いた。と、同時に彼女が独身であると聞いて、心底嬉しかった。

「本当ですかあ？　三十五なんて信じられません。いってても二十七〜八としか思いませんでした……。こんなに美人なのに、どうして独身なのかなぁ……。恋人はいないのですか？」

志乃が独身と聞いた途端、なぜ彼女の名前が黒革の手帳に記載されていたのか判った気がした。

どんなに年上であり、上司であっても、この美貌であればチャンスを窺いたくなるのも無理はない。

「恋人の件については、想像にお任せするわ……。他に何か知りたいことはない？」

大人の女性らしく、するりと躱《かわ》した志乃。やわらかい笑みの中にも、それ以上この話題に触れさせない凛《りん》としたバリアが張られている。

「うーん。いくら課長が部下のことを把握していても、僕のプライベートまでは知らないですよね？」

何気なく口にした質問に、なぜか志乃がもじもじしはじめた。

「あの……。本当に、雄太くん、記憶がないのよね？」

河内くんと呼んでいたものが急に名前で呼ばれ、ピンと来るものがあった。

志乃を一目見た時から、自分の性格ならばこの人に惚れているだろうと思ったが、やはりそうであったらしい。それを彼女は気づいているのだ。それどころか、二人はもっと親密な関係にあったのかもしれない。

（もしかして、課長と僕って……）

そんなことを思ったが、さすがにまさかとも思われ、口に出すのは躊躇《ちゅうちょ》した。

「どうすれば記憶を取り戻せるかが判らないので、何かのとっかかりがないかと思いまして……。ぶしつけな質問ばかりで申し訳ありません」

雄太は素直に非礼を詫《わ》びてみせた。

それを期に、会社へ戻りかけた志乃ではあったが、帰りしなにバッグから封筒を取り出し、そっと雄太に渡してくれた。

「とりあえず、会社は一週間ほど休んで療養に努めること。私に連絡だけは入れるように……。それと、お金、困るでしょう？」

渡された封筒には、五万ものお金が入っていて、雄太は驚くと同時に、心から感謝した。

(でも、いくら部下でも、普通お金まで置いて行くか？　やっぱり課長は僕の彼女か何かなんだろうか……？)

その思いを強めると共に、ならば、なぜそう話してくれないのかと判らなくなる雄太だった。

2

「とりあえず、懐《ふところ》は温かくなったし、どうしようか？」

軍資金を得た雄太は、手帳のリストを睨《にら》んで思案した。

この女性たちの名前の中に、必ず自分の彼女がいるはずだ。それはつまり、あの夢の中の女性に違いないのだ。

愛しているはずの女性の顔すら思い出せずにいる頭を、もどかしい思いで強く振った。

「畜生！　なんでなんだ！」

思い出そうと焦れば焦るほど、その面影が遠ざかる。そのじれったさが、なんともやるせなく腹立たしい。

「焦るな焦るなって言われたって、焦るよなあ……。しかも、あんな悩ましい夢ばかり繰り返し見るから、おかしくもなるよ」

犬も歩けば棒にあたるではないが、このリストを片っ端《ぱし》からあたるしかないらしい。

そうと腹を決めた途端、デスクの上に置いてあった携帯が突然ぶるぶると震えながら機械音を鳴らした。

メールの着信を知らせるスマートフォンの画面には、発信者の安原《やすはら》めぐみの名前が電飾のように表示されていた。

「安原めぐみ……さん。確か、手帳にもあった名前だ」

スマホを取り上げ、画面にメールの内容を呼び出した。

「スマホの操作はできるんだよなあ……」

教わったのではなく、自然に身に着けたことだから体が忘れていないのか。自分の過去にかかわることだけがすっぽりと抜け落ちている。わが身のことながら、不思議で仕方がない。

「えーと、『元気？』かあ……。今の僕って、元気と言えるのかな？」

体調はすこぶる良く、肩こりひとつ感じない。にもかかわらず、病院で記憶障害と病名が付けられた立場に、苦笑せずにいられない。

「『今晩空いてない？ 食事でもどう？』って、この文面だと、めぐみさんは、かなり身近な人みたい……」

雄太は、どう返信すべきか頭をひねった。

メールで「現在、記憶喪失中です」などと書いても、冗談としか受け取ってもらえないだろう。悪ふざけと、相手が怒りだすことも考えられる。

会社に電話連絡した時も、要領を得ずに四苦八苦したのを思い出した。

「あの二の舞は踏まないようにしないと……。まあ、ちょうどいいや、どちらにしてもリストに名前がある以上、安原めぐみさんとも会わなければならないし……」

雄太は、自らの記憶喪失症には一切触れず、当たり障《さわ》りのない文面で、めぐみにOKの返信をした。

ほどなく、またもめぐみから待ち合わせ場所と時間をどうするかとのメールが飛んでくる。

「どうしようかなあ……。時間は七時でいいか。待ち合わせ場所は、めぐみさんの都合のいい場所にあわせますよっと……。うん、これでいいか。送信！」

タッチパネルのなんの手ごたえもない送信ボタンを押した。

「ああ、この手ごたえのなさって、今の自分の頭の記憶回路に似てる……」

雄太は、頭を振る代わりに、意味もなくスマホを振ってみた。

3

「ごめんね雄太くん。待ったあ？」

シルキーな声が背中からかけられた。

待ち合わせ時間より三十分以上も雄太は早く着いていたが、結局めぐみの方は一時間近くも遅れて現れた。

おんなという生き物が、待ち合わせ時間にルーズなことは承知していたが、めぐみの顔が判らない以上、彼女の方から声がかかるのを待つ以外になく、わざわざ早く到着したのが仇《あだ》となった。

遅れる旨のメールが何度かあったにせよ、待ちくたびれていらいらしていた雄太だったが、振り返りめぐみの顔を見た途端、その怒りは霧散した。

(うわああっ！　め、めぐみさんって、こんなに美人なんだぁ!!)

ツルンと剥き玉子のような顔立ちに、ぱっちりとした瞳と小さな鼻、ふわふわぷるんの唇が絶妙な配列で並んでいる。

控えめなメイクが、彼女の魅力を最大限引き出していて、一目見ただけで雄太の心はときめいていた。

またしても知り合いのはずの女性に、一目惚れしている。そんな自分を惚れっぽいと呆《あき》れる一方、彼女に惚れない方が不思議だとも思う。

(うん。判った。間違いなく、僕は面食いだ！)

彼女の頬が上気している。遅刻したので焦って駆けたのだろう。息を切らし、胸元が大きく揺れていた。

「怒ってる？」

何も口にしない雄太に勘違いをしたのか、控えめなアイラインに彩られたクリッとした瞳が、申し訳なさそうに上目づかいで見つめてくる。

（やっぱり美人は得だなあ。ずるいよ〜。かわいすぎて怒れないじゃん……）

雄太よりも一つ二つ年上だろうか。大人の雰囲気を漂わせつつも、清楚《せいそ》な印象を持たせてくれる。

「怒っていません。ただきれいだなあって、見とれていただけです」

決してお世辞ではなく思ったことをそのまま口にした。

「やだ雄太くんったら、本当のこと……。でも、何よ、おごらせようって魂胆？」

雄太の二の腕をばしばし叩きながらもまんざらでもない表情。肩にかかった濃い栗色のウェーブヘアも、やわらかく揺れている。けれど、意外なほど雄太が真面目な顔をしていることに気がつき、急に恥じらいの色が浮かんだ。

「まあいいわ。呼び出したのは私だし、遅れたお詫びもあるし、おごってあげるわね。ほら、行こう！」

照れ隠しなのか、ちょっぴりお姉さん口調で、めぐみが先陣を切って歩き出した。

すらりとした痩身の彼女には、白のワンピースがよく似合っている。

腰高でコンパスも長いため、ひどくカッコいい。雄太は颯爽《さっそう》と歩くめぐみを盗み見ながら、彼女の隣を歩く優越感を味わった。

体脂肪が少なそうに映るが、それでいてお尻の形などはとても肉感的だ。ツンと持ち上がった胸元にも、十分なボリュームがある。悩ましくも服の内側を妄想させる身体つきだ。

「あの、どこへ？」

無言で歩くのも気まずく、雄太は口を開いた。

「いつものお店でいいでしょう？　それとも何か食べたいものでもある？」

〝いつものお店〟があるくらい、めぐみとは親しい間柄であるらしい。

（この人かも！）

雄太の期待は、ますます膨らんだ。

（めぐみさんが彼女だったら、食事の後は……）

期待と同様に、妄想までもが膨らんでいく。

大人だけど無垢《むく》。ピュアだけどエロい。そこに存在するだけでめぐみは、雄太の心を鷲掴みにしている。

連れて行かれたレストランはイタリアンで、雰囲気が良い割に値段は手ごろだった。手持ちのお金が少ない若い二人がデートするには、もってこいの店と言える。

とは言え、メニューを広げて次々と注文する彼女に、雄太は唖然としてしまった。

「ワインはこの白をグラスで二つ。料理はペペロンチーノとエビのアヒージョ。シェフの気まぐれサラダにピッツァ・マルゲリータね。あ、自家製ピクルスも！」

自らのチョイスに満足そうな笑みを浮かべながら、「あと、雄太くんは注文ある？」と聞いてくる。

ぶるぶると首を左右に振る雄太にうなずき、「それでお願いします」とウエーターに告げた。

「頼み過ぎじゃないです？」

ウエーターが去ると、雄太は身を乗り出すようにして聞いた。

「あら、これでも生ハムの盛り合わせは自重したのよ。それにしても、雄太くん変ねえ。お腹空いていないの？」

彼女の口ぶりからいつもならもっと頼んでいると知って、ちょっぴり呆れた。

「お腹ですか？　お腹は……」

空いていると言いかけた途端、お腹がぐーと鳴った。

彼女の耳にまで届いたらしく、くすくすと愉しげな笑いが起きた。

「お腹で返事しないでぇ」

笑われて頬が赤くなるのを禁じ得ないが、この素敵な笑顔を見られるのなら笑われるのも苦にならない。

ほどなくして、グラスワインが並べられ、サラダとピクルスも届けられた。

「では、乾杯！」

シルキーヴォイスにあわせ、グラスをカチンとぶつけ合うと、大人のディナーが幕を開ける。

彼女が取り分けてくれたサラダは、格別に美味《うま》かった。

「美味しい」

間もなく、ペペロンチーノにマルゲリータが並び、最後にエビのアヒージョが届くと、案の定テーブルはいっぱいになった。

どの皿もボリュームたっぷりで、食べきれるかが懸念される。けれど、その心配は、すぐに払拭《ふっしょく》された。

何を食べても美味くて、食べる勢いが止まらないのだ。

さらには、めぐみもその細身には似合わないほどの食べっぷりで、やせの大食いを地で行っている。

「このマルゲリータのもちもち感がいいのよねえ。アヒージョもニンニクとオリーブオイルの風味が絶妙！」

頬のあたりに落ちてくるウェーブヘアを、後ろにかき上げながらイタ飯を口に運ぶめぐみ。その洗練された仕草も、どこか官能的に映る。

「ペペロンチーノはオイスターソースが効いてます。サラダは、もう少し塩分が欲しいかな……」

様々《さまざま》な味の批評をしながら、ひたすら胃の中へ流し込む。

あっという間に料理の大半を平らげ、ふうと大きく息を吐いて、二人は顔を見合わせた。

お腹がくちくなり幸福に満ち足りている。

デザートとコーヒーを注文しためぐみが、しきりに雄太の顔を見つめていた。

「どうかしました？」

「うん。なんだか今日の雄太くん、別人みたいな気がして……。ねえ、何かあった？」

おんなの勘の鋭さで、突然、めぐみは的を射てきた。

あまりの楽しさと美味さに雄太は、いつの間にか自分に記憶がないことすら忘れていたのだ。

（それだけめぐみさんと過ごすことが自然なのか……。ってことは、やっぱり？）

雄太は、意を強くして自らの置かれている現状を説明した。

「記憶喪失って、あの記憶喪失？　えーっ、うそーっ！」

目を丸くするめぐみだったが、何かしら納得するものがあったらしい。

「ふーん。様子といい、雰囲気といい、どことなくおかしいと思ったのよねえ……。じゃあ、私のことも覚えていないの？　その状態で一緒に食事したってこと？」

質問攻めにあっても、全て首を縦に振るばかりだ。

「まあ、雄太くんは雄太くんだから……。でも、それって大変じゃない？　いろいろ困っているのでしょう？」

初めのうちは珍しがるような表情であったが、徐々に心配顔になっていく。

「まあ、痛いところがあるとかって訳でもないのですが、困るには困っていて……。なんせ、今目の前にいるめぐみさんが、僕とどういう関係なのかも判らない始末で」

それでいて食欲に負け、しっかりと食事を済ませてしまったことが、今更気恥ずかしくてしかたがない。

「あの、めぐみさんのこと教えてください。僕とめぐみさんって……」

恋人同士では、と勢い込む雄太に、めぐみは穏やかな表情で頷いた。

「じゃあ、二人のことを話してあげるわね……」

エスプレッソに砂糖を落とし、スプーンでかき混ぜながらめぐみが話しはじめた。

「雄太くんとは大学で知り合ったの。私が二年先輩で、お互いに社会人になってからもちょくちょく連絡を取って、こうして食事をしたりする間柄よ」

「それって、付き合っているってこと？　めぐみさんが、僕の彼女？」

微妙な言い回しをする彼女に、雄太は率直に訪ねた。めぐみのやわらかな雰囲気がなんでも聞けそうだったからだ。

けれど、めぐみは、曖昧《あいまい》に微笑むばかりだった。どこか憂《うれ》いを秘めているようにも映る。

「ねえ、雄太くん、もう一軒、付き合ってくれる……」

おもむろに立ち上がり会計を済ませるめぐみ。レストランを出ると、彼女は雄太に甘えるように、腕を絡めてきた。

4

もう一軒と導かれた先は、なんとホテルだった。

「私たち、こういう関係だったのよ……。」

薄《う》っすらと頬を赤く染め、清楚な色香を漂わせている。食事をしていた時とはまるで別人のような雰囲気を纏っていた。

どちらが本当の彼女なのか。恐らくはどちらもがめぐみなのだろう。

「雄太くん……」

部屋に入ると、積極的に彼女の腕が首筋に絡みついた。

グミの実のように赤く色づいた唇に、雄太は吸い込まれるように自らの同じ器官を近づけた。

もう少しで触れ合う寸前、めぐみが唇を遠ざける。

「本当に雄太くん、記憶がないのね……。これじゃあフェアじゃないから、本当のことを教えてあげるね。二人が恋人同士だったのは確かだけど、でもそれは過去の話なの……」

小悪魔のようにめぐみは微笑んでみせたが、雄太の眼にはそれがどこか寂しげに映った。

「そ、そうなんですか？」

彼女が漂わせる陰りは気になったが、はしごを外されたような気分も否めない。

「付き合っていたのは、一年以上も前のことなの。今は先輩後輩のいい関係よ」

「だったらなぜ？」

「雄太くんが、あの頃のようだったから……。今日の雄太くん、ずっと私のことを目で追っていたでしょう。学生の頃と同じだったの。だから……」

記憶を失っている分、対応が初対面の頃と変わらなかったのかもしれない。

のり子からも、過去がない分どこかピュアで、人格も少し変わっているのだと教えられている。そこに新鮮味を感じ、同時に母性本能もくすぐられるらしいのだ。

「ちょうど私、恋人に振られてしまって……。呼び出したのは、慰めて欲しかったからなの。それに、今の雄太くんって、放っておけない感じがして……」

どこか寂しげに見えた理由が、これだと合点がいった。同時に、この人を慰めてあげたいと、衝動的に思った。

「慰めてあげるには、どうすればいいですか？」

ぽっと頬が赤く色づき、はにかむような表情が突然、至近距離に近づいた。またしても首筋に細腕が巻き付いている。

「お願い。やさしくして……」

「うん。判りました。多分僕、今でもめぐみさんのことを好きなのだと思います。胸の奥がキュンキュンしてるから」

どぎまぎするほどの美貌が、一気にゼロ距離に来て、唇と唇が重なった。

（うわっ、めぐみさんって顔に似合わず肉食系？　よく食べる女性って、ＳＥＸもすごいって聞くけど……）

相変わらずどうでもよい知識だけは、あふれ出てくる。その割に、彼女に関する記憶は、やはりない。

（畜生！　やっぱり思い出せない。だけどこの匂い、確かに嗅いだことがあるぞ……）

華やかな柑橘系をベースに、微かにムスクのような香りがブレンドされている。そこに甘い彼女の体臭が入り混じると、男を野獣に変える魔惑のフレグランスのできあがりだ。

雄太は、美女に抱きしめられる幸福を味わいながら、そのしなやかな背筋を撫で回した。

（記憶がないってことは、元カノとも新鮮な気持ちでＨできるってことで、悪いことばかりじゃないかも……）

相変わらず記憶を取り戻せない自分にいらだちを覚える傍《かたわ》ら、能天気にそんなことを思っている。

「はむん……。ああ、雄太……くぅん……」

ぷるんとした唇は、触れているだけで蕩けだしてしまいそう。小鼻から漏れる悩ましい息遣いに、心が震えた。

積極さを増した彼女は、雄太の唇を舐め取るように舌を伸ばしてくる。その心地よさに雄太も真似《まね》をすると、眩《まぶ》しそうな表情で受け止めてくれる。

アプリコットのルージュを舐め取る勢いで貪り、手指を背筋からさらにその下へと這わせる。

「んんっ……。あふあぁ……。むふん、はふうぅ……」

絶えず漏れ出す、喘ぎとも吐息ともつかない声が、雄太の興奮を煽《あお》った。

ツンと持ち上がった腰高の尻たぶに両掌をあてがい、ワンピースの薄布を擦りつけるように、たっぷりと撫で回す。

焼きたてのイギリスパンを思わせる尻たぶに、雄太の弄びはどんどん熱を帯びていった。

「めぐみさんのお尻……ぐふうう……やわらかっ！　最高の触り心地です……ほむうっ！」

朱唇を強く吸いめぐみの薄い舌を呼び出す。捧げられた朱舌を、上下の唇で挟み、たっぷりとねぶった。

お尻をつまみ、捏ね、さすり、揉む。弾力とやわらかさの相反する触り心地は、どれほど弄んでも飽きがこない。

雄太は、両掌に尻たぶを捕らえ直し、互い違いに揉み上げた。

「ほむむ……雄太くん激しい……っ！　あふううっ、あ、ああん……」

シルキーヴォイスが雄太の口腔でくぐもりながらも、その悦びを伝えてくれる。

「だって、めぐみさんのお尻、やばすぎっ！　ああ、もっと触りたい！」

興奮しきった雄太は、ワンピースをたくし上げ、裾から手指を忍び入れた。

「ああん、雄太くぅん！」

甘い啼き声は、決して拒んでいない。それを良いことに雄太は、手指をパンティとお尻との隙間にまで食い込ませた。

生身《なまみ》の尻を触られて、女体がびくんと震えた。

その艶っぽい反応が、雄太をさらに悦ばせる。

「めぐみさんのお尻……っ！」

すべすべとしたお尻は、少し汗ばんでしっとりもしている。

二十六歳の尻肌は、その年齢に負けることなくパンと張って、瑞々《みずみず》しささえ感じられた。

「もう、雄太くんったらぁ……。私もこうしちゃうっ！」

頬を紅潮させためぐみが悪戯っぽい笑みを浮かべ、片膝を持ち上げ、雄太にからみつけた。

むちっとした太ももが、雄太の股間をやわらかく持ち上げる。

「うおっ！」

実際のところ、すっかり屹立した雄太の分身は、猛々しくも疼きまくり、持て余し気味になっていたところだ。

ゆるゆると彼女の腹部に擦りつけていた一物《いちもつ》から、やるせないまでの快美な電流が湧き起こった。

片足立ちになった彼女を雄太は、尻たぶを抱え込むようにして支えている。もちろん掌の開いては閉じの運動は、やむことがない。

「いいわ……太ももに、硬いものが擦れる感触……。私、淫らね……」

恥じらうように目を伏せながらも、その唇には妖艶な微笑みが浮かんでいる。

よほど彼女も興奮しているのだろう。それは熱を帯びたお尻からも十分に伝わった。

「めぐみさんのお股、湿ってる……。もっと食い込ませたらどうなるかなぁ……」

痺れるような快感に、見境のなくなった雄太は、さらに手指をパンティに潜り込ませ、手の甲で上方にぐいっと持ち上げさせた。

肌触りのよい薄布が、ずれ上がった手応え。途端に、めぐみの細い頤が、くんと上を向いた。

「はううっ、だ、だめよ……。食い込むっ！　ああん、食い込んじゃうぅっ！」

持ち上げていた太ももも、安定を求めて引き下がる。

「食い込むの痛くないですよね？　気持ちいいのですよね？」

いつになくサディスティックな気分で問いかけると、美貌がこくりと縦に振られた。

めぐみのメコ筋にパンティが食い込む様子を脳裏に浮かべ、さらに薄布を持ち上げる。

「はうううううっ！」

悩ましく呻く唇へ再び口づけしながら、薄布を谷間の後ろでぎゅっとふんどし状に絞りあげた。

左手一本で、ひも状になったバックラインを持ち上げ、右手は急いでフロント部へと移動させた。

ふっくらとした肉土手にパンティが食い込み、Wの文字を浮かび上がらせている。

指先でそれを確認すると、薄布が食い込む窪みの中心を中指でなぞった。

「あうん！　ほむううううっ！」

細腰がクナクナと揺れるのは、快感にじっとしていられないせいか。

「あん、あ、あぁ……。もうだめっ、めぐみ立っていられない……。ねえ、雄太くん、ベッドに……」

官能に呑まれ立っているのも辛くなったのだろう。めぐみは雄太の首筋にぶら下がるようにして、可愛らしくおねだりした。

5

艶声に誘われて、雄太はめぐみをひょいとお姫様抱っこしてベッドへと運んだ。

痩身の彼女だったが、予想以上に軽い。それでいて肉感的な女体は、どこもかしこもがやわらかく、まるで雲を抱っこしているようだ。

美貌がしあわせそうな表情で蕩けている。

雄太は女体をやさしくベッドに横たえ、その背中のファスナーを手際よく下ろした。

大人しく裸に剝かれていくめぐみを鑑賞しているだけで、勃起は先走り汁を吹き零している。

細腕から袖を抜き取り、さなぎから蝶が脱皮するようにワンピースから白い背筋を露わにさせる。

眩しいまでの痩身には、白地に濃紺の刺繍《ししゅう》が施されたブラジャーだけが残されている。

脱がせることを手伝うように持ち上げられた腰部からワンピースを抜き取ると、大急ぎで雄太も身に着けているものを脱ぎ捨てた。

「ああん、雄太くん、そんなにずっと見ていたら、恥ずかしいっ！」

ベッドに投げ出されていた肢体が、雄太の視線を感じ、薄手の毛布の中に隠されていく。それを追いかけるように裸になった雄太は、彼女の足の方から毛布の中に潜り込んだ。

「あん！」

長い美脚が怖気《おじけ》づいたように畳まれる。

その爪先に雄太は、そっと口づけした。

「やだあ、脚にキスするなんて……」

こそばゆそうに逃げ惑う美脚を捕まえ、今度は足の裏に唇をあてる。もう一方の脚を摩《さす》りながら、足首からふくらはぎへと唇を這わせ、ゆっくりと太ももへと向かった。

「んふっ……。だめんっ、くふっ……。ん、んんっ、あぁ……」

つぐまれた朱唇や愛らしい小鼻から、悩ましい吐息が次々に零れ落ちる。人差し指を咥えて声を遮《さえぎ》ろうとしているが、一度発情した女体はかなり敏感で、容易《たやす》く啼き声を搾り取ることができた。

熟れた太ももをたっぷりと唇で堪能し、その内ももにもちゅぱっと吸い付いた頃には、甘酸っぱい愛液の匂いが毛布の中に籠っていた。

「めぐみさんの脚、美味しいです！　つるつるしていて、すべすべで……」

内もものやわらかいお肉を手指で摩り、舌先を滑らせる。ももと股間を結ぶ太い筋にしゃぶりつくと、女体がびくびくびくんと悩ましく反応した。

「くふぅっ！　そ、そんなところ、しゃぶらないで……。ああ、いやんっ！　ぐしょ濡れのパンティ触っちゃいやぁ……」

薄布越しにクレヴァスの中心をなぞると、またしても女体が大きく震えた。

雄太は、たっぷりと蜜を吸ったパンティの股間部へと狙いを定めた。

「ひっ！　ダメよ雄太くん、今そこはダメぇっ！」

指先でなぞっただけで、ぐぢゅちゅっと愛液が染み出てくるほどヌレヌレの薄布なのだ。かぶりついた雄太にめぐみが悲鳴をあげるのも当然だった。けれど、彼女が拒めば拒むほど、嗜虐《しぎゃく》的な牡性が刺激されてしまう。

じゅぢゅちゅっ、ぶぢゅるるるっ、ぢゅぶじゅちゅるっ——。

雄太は、パンティの染みを全て吸い取るように、基底部をしゃぶりつくした。

「ううっ、雄太くんの意地悪ぅ……。ああん、そんなに吸わないでぇ……」

嫌がる割にめぐみも被虐的な牝性を目覚めさせ、細腰を淫らに浮かせている。

口腔や鼻先に蜜をたっぷりまぶされた雄太は、婀娜っぽくうねる腰から、ぐしょぐしょになった薄布を剥き取った。

「ああっ……」

漆黒の陰毛に透明な滴を光らせ、さらにその下では花菖蒲《はなしょうぶ》のようなひらひらが心細げに震えている。

パンティ越しとはいえ、雄太にいいように蹂躪《じゅうりん》されていた女陰は、触れなば落ちんとばかりにひどく淫靡に乱れていた。

「鮮やかなピンク色のおま×こ……。めぐみさん、きれいです……」

感極まったように雄太は囁いた。するとめしべは、恥ずかしくてたまらないといった風情で、ふるふると揺れるのだ。

「ああ、いやらしく揺れている。なのにこんなに上品だ……。めぐみさん、僕たまりません。このおま×こ食べちゃいますね！」

そう宣言すると雄太は、めぐみの股間をさらにぐいっと広げた。

抵抗されるかとも思ったが、あに図《はか》らんや、くつろげられた美脚は、大人しくM字を維持する。

雄太は嬉々として、できた空間に頭を運んだ。

「ああ、恥ずかしい……。こんなに濡れてるところを舐められてしまうなんて……」

呻吟するように、シルキーヴォイスが細く掠れた。それでいて期待するかのように、雄太の髪に挿し込まれた指先が頭皮をまさぐっている。

雄太は頭の中を真っ白にして、唇を花びらへと近づけた。

「はううっ、ああ、やっぱりそこは敏感すぎるの……。あん、ああ、あああぁっ」

蜜液にぬめる花びらの表面を、尖らせた舌先でつーっと掃いた。びくんと震える太ももに腕を回し、がっちりと抱え込む。

細腰を身動きできない状態に固め、ヴァギナ全体を口腔に導いた。

「おおんっ！　おおっ……。うふうっ、あはぁ……。くふぅっ、うっくぅ～っ！」

口をもぐつかせ、舌先を女陰へと埋め込む。肉襞の一枚一枚を舌でめくるようにして、女性器を味わった。

濃い潮が、一気に口腔に流れ込む。塩辛さの中に、微妙な甘さを感じるのは、彼女の体臭がそう錯覚させるのか。

雄太は、噎せかえりながらも、文字通り食らいついた。

「むほん、ぐふううっ……。美味しいでふ……。めぐみさんのおま×こ、甘酸っぱくて美味ひい……」

胎内でレロレロと舌を蠢かせると、さらに奥へと導くように肉襞が蠕動した。膣口がきゅっと窄まり、舌の付け根を締め付けてくる。

（すごいっ！　めぐみさんのおま×こ、別の生き物みたいだ！）

きつい締め付けは、発情した熟れ肉が、受胎を求めてのものだ。けれど、舌には射精がなく、求めに応じてやれない。その分、雄太はねんごろに媚肉を貪り続けた。

（イキたいのですね。安心してください、ここも擦ってあげますから……）

滑らかな踵《かかと》がせわしなくベッドを擦るのを頃合いと見て、雄太は手指を股間の付け根へと運んだ。

ツンと充血したピンクのしこりに指の腹をあてがい、やさしく弄《いじ》る。

「ひううううっ！」

引き締まったお腹が激しくうねり、細腰にぐんと力が込もった。凄まじい快感にめぐみの腰が浮き上がりかけるが、雄太の腕が巻き付いているために妨げられた。

「ううっ、そ、そこ、感じるぅ……。ああ、めぐみ、おかしくなっちゃううぅ……っ」

シルキーヴォイスがオクターブを上げて官能を謳《うた》いあげた。

クリトリスを弄られ、女陰にかぶりつかれ、切羽詰った女体が鮮やかなピンクの発情色に染まっている。

（めぐみさん、超きれいだ……。こんなに淫らにイキ乱れているのに……）

頤が天を向き、首に筋が浮いている。しなやかな筋肉のあちこちが強張《こわば》り、アクメの緊張に満ちていた。

背筋が小さく浮いては、どすんと落ちる。のたうつ白い女体は、ひどく官能的で、どこまでも美しい。

「はぐううっ、イクっ！　雄太くんのお口でイッてしまうぅ～っ！」

頬を強張らせためぐみが、絶頂を告げた。

頭の芯まで痺れさせ、雄太はめぐみが堕《お》ちる瞬間を待ちわびた。

（イッてください。早く僕に、めぐみさんのエロいイキ顔を見せてください！）

内心にそう叫びながら、肉芽を蹂躙し、蜜液を吸い続ける。

中指を立て、クリトリスの頭を揉み込むようにして揺れさせると、めぐみは一気に崩壊した。

「出ちゃうぅ……。何かが出ちゃう……。もうだめっ、めぐみイクぅ〜っ！」

激しくもぐもぐさせていた口腔に、ぷしゅっと間欠泉が吹き出した。女体がぶるぶるっと震え、あちこちの筋肉を痙攣させている。

あまりの喜悦に涙まで浮かべ、艶めかしいイキ顔を晒すめぐみ。雄太は、その神々しいまでのイキっぷりに見惚《みと》れながら、思わず自らの分身をしごいていた。

6

百人の男たちがすれ違えば、その全てが振り返りそうな美女のイキ様を目《ま》の当たりにし、雄太は我知らずオナニーしていた。

「あん、雄太くん、何しているの？　射精《だ》すのならめぐみに挿入《いれ》て」

うっとりと蕩けた表情で、両手を広げるめぐみに、ようやく雄太は己の自慰行為に気がついた。興奮のあまり、無意識にペニスを弄っていたのだ。

気恥ずかしさに、顔が赤くなる思いがしたが、すでに充分以上に真っ赤であるため、そう変わりはない。

「雄太くんの好きにしていいわよ。雄太くん、後ろからするのも好きだったわ……」

細めた眼差しが妖しく誘っている。後背位を望んでいるのは、むしろめぐみなのかもしれない。もちろん、雄太に異存などなかった。

「バックから……。めぐみさんのお尻を犯したい！」

ぶんぶんと赤ら顔を縦に振って、雄太はベッドに立て膝になった。

くすくすっとめぐみが笑いながら、痩身をうつ伏せにさせていく。未だ絶頂の余韻に身を浸しているのか、その動きは思いのほか緩慢だった。

ハート形のお尻が愛らしく持ち上げられ、くなくなと左右に振られた。

「来て……っ！」

ひくひくと蠢く薄紅の花びらが囁いた。

雄太は立て膝でにじり寄り、見事なまでに重力に逆らう肉尻を両手で捕まえた。

先ほどまでと同じ感触ながら、ビジュアルにも訴えられると、また違う感慨が生まれた。

（このお尻に、覚えがある！）

記憶を取り戻したわけではない。頭ではなく体が覚えているのだ。

「やっぱり、めぐみさんは僕の彼女だったのですね」

元カノを実感すると、愛しさが倍増した。

歓喜の叫びをあげ、肉塊をクレヴァスに擦れさせた。まだ挿入したわけではない。上つきの女陰に沿って、ペニスの天井面をなすりつけたのだ。

「あふぅ、あ、あぁ……」

肉と肉が引き攣《つ》れあって、先走り汁と蜜液をまぶしあう。

「ああん、焦らさずに挿入《いれ》てぇ」

ブラジャーを残したままの胸元をベッドに押し付け、美貌だけをこちらに向けて、色っぽくおねだりするめぐみ。そのエロ顔に悩殺された雄太は、矢も盾もたまらず、勃起の角度を変させた。

「めぐみさん」

「ゆうたぁあああああ～っ」

女陰の中心部に突き立てた切っ先を、腰とともに送り込んだ。

ずぶりと亀頭部がめり込むと、意外とスムースに呑み込まれていく。

「うぐうううっ、ああ、挿入《はい》ってくる。ゆうたが私の胎内《なか》にぃ……」

ざらついたうねりをたっぷり肉エラで擦り、ずずずっと肉幹を進ませる。

すでに一度アクメを迎えているヴァギナは、ひどくぬかるんでいて、凄まじく熱かった。

「気持ちいいっ……。ゆうたの硬くて太いおち×ちん、気持ちいい……」

ふっくらした尻たぶに恥骨がぶつかるまで、雄太はゆったりと挿入を続けた。

「僕もです。めぐみさんのおま×こ、温かくって、やわらかくって……やばいですっ！」

雄太が誉めそやすと、うれしいとばかりに膣孔が蠕動した。肉襞がひらひらとそよぎ、エラ部や肉幹をたまらなくくすぐる。それはまるで、ドクターフィッシュに角質を食べられているようで、くすぐったいような気持ちいいような、えも言われぬ感覚だった。

「わ、わ、わ、めぐみさんの中、何かが棲んでいる。チ×ポが啄まれているよ」

「やだ、ゆうた、私と初めてした時と同じことを言ってる……」

紅潮させた美貌が、目を細めてこちらの様子を窺っている。そんな表情が、ものすごく色っぽい。

雄太は、へへへと笑いながら、体を前に折って、その白い背筋に唇を這わせた。

「あうんっ！　背中も感じちゃう……」

ちゅばっ、ちゅばっと背中を吸いつけながら、手指を肉薄の側面に這わせる。普段であれば、くすぐったがるような場所も、発情した女体には性感帯でしかないはずだ。その予想通り、女体がびくっ、びくっと艶めかしく震え、その度《たび》に女陰が肉竿を締め付ける。

「うおっ！　めぐみさん、すごいっ！　なんて具合がいいんだ」

唇の端《はじ》から涎が零れ落ちそうになり、あわてて啜《すす》った。

「ああん。ゆうたは、あの頃と別人みたい……。こんなにやさしかったぁ？」

「ええっ？　僕って、やさしくなかったですか？　そんなはずないと思うのだけどなあ……」

生尻に腰部を密着させたまま、くいっ、くいっと捏ねるたび、「あん、あん」とシルキーヴォイスが啼いてみせる。

ハスキーな囁きにも似た喘ぎをさらに搾り取りたくて、雄太は手早く背中のホックを外し、撓んだブラジャーの中に手指を挿し込んだ。

「あはぁん！」

形の良いバストを両掌で潰すと、艶声がオクターブを上げた。

やわらかい乳房は柔軟に容《かたち》を変えて、雄太の手指性感を刺激してくれる。のり子ほどの巨乳ではないものの、その感触は十分以上に愉しませてくれた。

「ねえ、ゆうたぁ、切ない……。お願い、動かしてぇ」

お尻だけを高く掲げた美脚が、屹立を咥えたままもじもじと太ももを擦らせる。

膣道がむぎゅりと狭まり、膣襞にたっぷりとペニスが擦れる。美女の淫らなおねだりと相まって、雄太の性感は燎原《りょうげん》の火《ひ》の如く一気に燃え広がった。

「うおっ！　くーっ……。めぐみさん、すっげえ気持ちいいっす……。そんなに切ないのですか？　判《わか》りました。動かしますよ！」

あまりの快感に、ついに雄太の地が剝き出しとなった。

ありったけの優しさを込めて、めぐみを愛撫していた雄太だったが、もはや限界が近く、突き動かされる衝動に身をゆだねたくて仕方ないのだ。

つきたてのお餅のような尻たぶから、なすりつけていた腰部を離し、ずるずるずるっと勃起を引き抜く。

別れを惜しむように膣襞がすがりついてくるのにかまわず、抜け落ちる寸前まで引き抜くと、一転してじゅぶちゅちゅちゅちゅっと押し入った。

「はぐうううっ！　ああん、いいっ！　ねえ、いいのぉ……っ」

ベッドのまくらをかき抱き、情感たっぷりに啼き乱れるめぐみ。じっとしていられないのか小刻みに腰を振るのが、雄太にもたまらない刺激となる。

「ぐはあぁっ！　めぐみさんの尻振りも超いいっ！　激やばです！」

湧き上がる愉悦をさらに味わいたくて、二度目、三度目の抜き挿しを行う。

「ふおおっ、ああん……。もっとぉ、ああ、もっと、擦ってぇ……」

あられもなくよがりまくるめぐみであったが、少しも下卑《げび》て感じられない。それどころか、ピンク色に染まった肉体は、いよいよオーラを纏い、気品にあふれている。

「ああ、あたってる……。くふううっ、そこよ、そこなのぉ……」

浅瀬でかき回し、深部で捏ねる。捧げられたお尻をしっかりと摑み取り、雄太は抽送のピッチを一定に、確実にめぐみを追い込んだ。

「あふうう、もうだめぇ……。良すぎちゃうの。ゆうたぁあああっ！」

くねくねとめぐみが、上半身をベッドに擦りつけている。火照《ほて》る上半身を沈めたくてか、はたまた、しこる乳首が切なくてか。その真意は判らない。けれど、勃起を嵌められたまま、のたうつ美女の姿は最高に官能的だ。

「もうイッちゃいそうなのですね。うれしいです。めぐみさんみたいな美人が、僕のち×ぽでイクなんて……」

嬉々として雄太は、抜き挿しのピッチを上げた。

ぢゅぷん、にゅちょ、ぐぢゅん、かぽっ、ぢゅちょ――。

吹き零された愛蜜が肉塊に攪拌《かくはん》され、白く泡立っている。それがびっちょりと滴って、美しい太ももを穢している。

「すごいいっ！　イクっ！　めぐみ、イッちゃうぅ～っ！」

切羽詰まった甲高い声が、ついに絶頂を告げた。

白い背筋が、ぎゅんと弓なりに反らされる。極められた絶頂の高さに、ぶるぶるっと太ももが震えた。

色っぽくも激しいイキ様に、雄太も本能を触発され、一気に射精態勢を整えた。

「ぐうぉぉっ！　僕もイキそう。めぐみさん、このまま射精《だ》していいですか？」

さすがに元カノに中出しはまずいかもと、微かに残された理性が働いた。けれど、めぐみは、精液を胎内に注がれることを望んでくれた。

「いいわっ。射精《だ》してっ。めぐみの膣中《なか》に熱いの頂戴《ちょうだい》っ！」

息も絶え絶えに、めぐみは許してくれるどころか、膣襞をむぎゅっと狭隘《きょうあい》にさせて、雄太の分身を促してさえくれる。

ずぎゅぎゅうんと下腹部にやるせない衝撃が起きて、雄太の尻にムチが入った。

律動のシフトをさらに上げ、自らの快感をひたすら追った。

ぱん、ぱん、ぱん、ぱん、ぱん――。

勃起ごと腰部を抽送させて、勢いで皺袋も打ち付ける。

「きゃうっ！　ああ、ゆうたぁ、はやくっ！　でないとめぐみ、またイッちゃうぅ～っ」

よがり啼く元カノを慮《おもんぱか》る余裕もなく、雄太は最後の階段を駆け上った。

発火した導火線は、見る見るうちに焼け崩れ、ついに発射の火ぶたが切られた。

「イクっ、ぐおおおおっ、イクぅ～っ！」

肉傘をひときわ膨らませ、玉袋に溜まったマグマを解放させた。

ずおんと重い爆発音とともに、勃起が弾けた。少なくとも雄太には、そう感じられた。それほど凄まじい射精だったのだ。

どくんどくんと脈打つたび、びゅぷびゅぷっと吹き出す体液。

「あおおおおっ……。あ、ああっ。ゆうたの精子、いっぱいい～っ！」

白濁を注ぎ込んだ膣孔は、ぐじゅんとぬめりを増し、胎内温度を一段と上げた。

再び背筋が弧を描き、反りきったところで、がくんがくんと痙攣した。

膣内射精を受け、牝本能が刺激されて、今日何度目かのアクメを極めている。

やがて、長らく固まっていた裸身が、ようやくベッドにドスンと落ちた。

渾身《こんしん》の射精発作が治まった雄太も、その背筋にどうと頽《くずお》れた。

「はうん……」

すべすべした背中で、雄太を受け止めためぐみが、可愛らしい悲鳴をあげた。

(こんなに素敵な女性をどうして僕は手離したのだろう……)

のり子の時にも味わった感慨が、またしても心を占める。けれど、それは記憶を失っているが故の幸福な想いであることに、薄々雄太も気づきはじめていた。

第三章　美人課長・切ない乳房の記憶

1

会社に出勤した雄太は、朝から緊張を隠せずにいる。

「おはようございます」と、声をかけられるたびに、ビクンと体が震えるのを禁じ得ない。

本来であれば、入社三年目になるのだから、いちいち挨拶ぐらいでビビるはずもなく、むしろ寝ぼけ眼《まなこ》であくびをかみ殺していても不思議はない。にもかかわらず、記憶を失った雄太は、まるで異邦人の如くだ。

自分の名刺を頼りに、ようやく所属する部署に辿《たど》り着いたが、そこから先は所在なく立ち尽くすしかない。さほど広いビルではないものの、食品事業部だけでもワンフロアーを占めているのだ。

自分の席も判らず、そんなことを誰に尋ねればいいのかも、分からなかった。

恐らくは、そのフロアのほとんどが顔見知りのはずなのに、今の雄太には全ての人が見ず知らずの他人でしかない。挨拶くらいでビビってしまうのも、その対人恐怖症にも似た感覚が理由だった。

「河内くん。君の席はそこよ。桑野課長は幹部会議の最中だから、席について待っているようにって……」

困っていた雄太に、声をかけてくれたのは、美しい女性社員だった。

身長一七〇センチそこそこの雄太よりも大きいのではと思われる長身で、モデル並みのすらりとした体型をしている。

カッコよくスーツを着込んでいても、ナイスバディがその服の内側をたまらなく妄想させる。

目鼻立ちがくっきりとしていて、恐らくはハーフだろうと想像した。

知的な印象が際立《きわだ》ち美人秘書かなにかのようだ。男に傅《かしず》きながらも上手に相手を操作するタイプの女性だろう。

首からぶら下げられた社員ＩＤの写真の下に、遠藤《えんどう》沙耶《さや》と名前があるのをしっかりと盗み見した。

（うわ、きれいな女性……。僕よりも五つ六つ上だよな……）

やや冷たい印象を抱かせるものの、やわらかく微笑むと、心細い想いをしている雄太を包み込んでくれる。

「あ、ありがとうございます。ここに座っていれば、いいのですね……」

教えられた席につくと、やはり美形の別の女子社員が、デスクにお茶を置いてくれた。

「おはようございます。今朝は特別にお茶のサービス」

先ほどの女性が大人の魅力なら、こちらの女子社員はアイドル的な可愛さが魅力だ。社員ＩＤには、千葉佳奈《ちばかな》と名前があった。

卵形の輪郭は、顎だけは細い。

ぱっちりとした瞳に、ぷっくらした涙袋がずるいくらいに可愛い。さらに小さな鼻孔が愛らしさを際立たせている。止《と》めとばかりに、唇は口角が持ち上がり気味で、いわゆるアヒル口をしていた。

ＴＶの中でさえなかなか見かけることがないくらいのカワイイ系美女なのだ。しかも、小柄ながら出るべき所は、しっかりと出ていて、トランジスタグラマーの印象だった。

（ふえええ。美人さんばかりがいっぱいいる〜。僕ってこんな恵まれた環境で仕事をしていたんだぁ……）

これも美人の効能だろうか、その姿に見とれるうちに、すっかり緊張は解けていた。

かと言って、雄太にはすることがない。否、するべきことが判らない。

「できるだけ、これまで取っていたであろう行動と変わらないことをしてください。できるなら仕事にも戻った方が良いでしょう」

記憶が戻らないまま出社することになったのは、そんなうらなり医者の助言を受けたものだ。

同僚に迷惑をかけるのは申し訳ないが、この先いつまでこの状態が続くかも知れず、収入を得る必要もあって、自宅静養ばかりしているわけにもいかなかった。

「河内くんは、うちの社員なのだから大丈夫。一から仕事を覚えるつもりで頑張りなさい」

志乃が社内の根回しを済ませてくれたらしく、雄太は甘えることにした。

彼女の言う通り、仕事を覚えなおさなければならないが、そこはまるで記憶がない分、妙な気負いやプライドもなく、気持ち的には新入社員とあまり変わりがない。

ただ、知っているはずの相手を思い出せないことが申し訳なくて、プレッシャーになっていた。

2

ミーティングを終え、自分の席に戻ってきた志乃は、さっそく雄太に声をかけてくれた。

手招きする志乃のもとへ、尻尾を振る仔犬よろしく急ぎ足で雄太は向かった。

わざわざ部屋を訪ねてくれた志乃は、雄太にとって唯一の拠《よ》り所のような存在だ。

「おはようございます」

食品二課の社員たちからさほど離れていない彼女のデスクの前に立つと、包み込むような眼差しが降り注ぐ。

いかにも大人の女性らしいムスク系の香水が、やわらかく雄太の鼻腔をくすぐった。

あまりのいい匂いに誘われ、ちらちらとその顔を盗み見る。

(ああっ、やっぱりすっごい美人さん!!)

目元の涼しい大きな瞳に見つめられるだけで、下腹部のあたりがムズムズしてくる。

官能味溢《あふ》れる唇に、今すぐにでもふるいつきたくなるほどのいい女ぶりなのだ。

いずまいが完璧で、しかも、そこはかとなく慈愛と知性を滲ませている。

「おはようございます。河内くん。今日から復帰だったわね……。うん。顔色もよさそう……。体調に問題はないかしら？」

菩薩《ぼさつ》様のようなやさしさで、部下の体調まで気にかけてくれる。この人のためならどんな仕事でも嫌な顔一つせずにこなせる自信があった。

「はい。ありがとうございます。お蔭様で体には問題ありません。半人前の仕事しかできないかもしれませんが、できることからやりますので、よろしくお願いします」

勢い込んで挨拶する雄太に、なおも包み込むような眼差しが降り注いでいる。心なしか、蕩けているような表情に見えなくもない。

雄太はきゅんと胸が高鳴るのを感じながら、神々しくも眩しい微笑をずっと浴びていたいと思った。

（なんて素敵な人なんだろう……。それに熟れ熟れの肉体。上司なのに悩ましすぎるぅ！）

濃紺のスーツ姿は、いかにもできる上司そのもののオーラを放っている。それでいて熟れきった肉体は、いわゆる男好きのする身体なのだ。あののり子よりも巨乳であろう推定Gカップは、窮屈そうにスーツに押し込められ、はちきれんばかり。

（今日もまた、胸元でペンダントが溺れているよぉ……）

白地のブラウスは、襟元のボタンが一つ外されていて、胸元のペンダントが深い谷間で溺れている。

デスクの前に立つ雄太は、その迫力の谷間を眺めるに絶好の角度にいた。

「そんなに力まなくても、元々営業センスはあったのだから、接客もできると思うの。でもしばらくは、遠藤さんから教わること……。遠藤さん、お願いね」

ショートカットを斜めに傾げ、雄太越しに、遠藤という社員に志乃が声をかけた。

少し身体を動かすだけでも、胸元がマッシブに揺れる。

そのふくらみをいつまでも眺めていたい欲求にかられたが、まさか上司の乳房をガン見し続けるわけにもいかない。後ろ髪を引かれながらも視線を外し、雄太は、志乃が声をかけた方角に顔を向けた。

目があったのは、先ほど席を教えてくれた女性社員。志乃に負けず劣らずの美しさを備えた遠藤沙耶だった。

優美な物腰で、ぺこりと頭を下げてくる。

「あ、よ、よろしくお願いします……」

あわてて雄太も会釈を返した。

途端に、周りの男性社員たちから上手いことやったな、との羨望の眼差しが降り注いだ。あからさまな反感を湛《たた》えた視線も中にはあった。

どうやら彼女は、ここの憧れの存在であるらしい。

男の嫉妬ほど恐ろしいものはない。雄太はあわてて、再び志乃に向き直った。

「遠藤さんは、河内君が新入社員のときも、教育係を務めてくれたのよ」

それは同じ体験をすることで、記憶が蘇《よみがえ》ることもあると知っているらしい、志乃の配慮でもあるようだ。

気配りも一流の女性上司に感謝の念を抱きつつ、ふと雄太は申し入れておかなければならないことを思いだした。

「あの、そういえば、その、お借りしたお金の件なのですが……」

この場では憚《はばか》られる話題ではあるが、相手が上司では雄太から場所を改めることも言い出せず、やむなく声をひそめて切りだした。

「もうしばらく、その、お借りしたままでよろしいでしょうか？」

「ああ、その件なら気にしないで……。いつでも都合がついた時で構わないから。少しずつ分割でもいいのよ」

志乃は少し身体を前に乗り出し、同様に声を潜めて返答してくれた。

魅力的なウインクまで返してくれる彼女に、雄太は安堵の笑みを浮かべた。

「ありがとうございます」

深々と頭を下げ、彼女への忠誠を示した。

「うん。席に戻っていいよ」

下げた頭をもとの位置に戻すと、もう志乃は手元の書類に目を移している。白いうなじが悩ましいほど美しかった。

3

「はい。杉山商事食品二課の河内がお受けいたします。いつもお世話になっております、あいにく桑野は出払っておりまして、帰社予定は夕方以降になりますが……」

体が覚えていたものか、雄太は条件反射的に電話の受話器を取り上げていた。

「はい。はい。マキバ乳業の〇〇さまですね……。桑野とは連絡を取れますので、折り返しご連絡さしあげるようにいたしましょうか？　それとも、私でよろしければ、ご用件をお伺いいたしますが……」

出てしまってから、失敗したと思っても後の祭りだった。けれど、意外にも対処の言葉がすらすらと口を突いてくる。我ながら不思議な気分だった。もちろん、この程度の電話対応は初歩の初歩であって、威張れる類《たぐい》のものではない。それでも、ほとんど新入社員同然の雄太には、自らのスキルの一端を垣間見たようでうれしかった。

しかも、その様子を教育係に指名された遠藤沙耶が、対面するデスクから見守ってくれている。

冷静な表情は崩さないものの、彼女もまた、雄太が仕事を体で覚えていることに驚いているのかもしれない。

「はい……。はい……。では、その荷物は搬入が二日遅れるのですね。判りました、その旨、桑野に申し伝えます。もし何か差し支《つか》えがあれば、折り返し桑野から連絡を入れさせますので、よろしくお願いします……。はい……。はい、失礼いたします」

受話器を置くと、雄太は沙耶に軽く頷いて見せた。

「うまく対処できている。それだけできれば、上出来よ……。それで、マキバ乳業さん、どうしたの？」

美人に褒められると、むやみとモチベーションが上がる。雄太は鼻の下がだらしなく伸びるのを、必死で引き締めながら沙耶に電話の詳細を告げた。

「そう。それじゃあ、すぐにそのことを課長に連絡しなくちゃ。雄太くん、お願いね……」

あまりに自然に「雄太くん」と呼ばれたため気づかなかったが、すぐにアイスドールの表情がしまったという顔つきをしたため、それと判った。

アップにまとめた栗色の髪が、やわらかく揺れてカシスオレンジか何かの柑橘系の匂いがふわりと漂った。

「あの、今、僕のこと雄太くんって……」

「いいから課長に連絡！　ほら商品の入荷が遅れるのだから、大急ぎで対処する！」

沙耶の美貌は、もうクールなものに戻っている。ノーブルな横顔からは、何も読み取れず、仕方なく雄太は受話器を取った。

「あれっ？　あのぉ沙耶さん……。課長の携帯って……」

どさくさに紛れて雄太も、「遠藤さん」を止《や》めて、名前で呼んでみる。

「ああそっか……。河内くんが、普通に対応しちゃうから、病気のこと忘れてしまいそうになるわ……。課長の携帯は短縮二番にメモリーしてあるわ」

電話機の短縮ダイヤルボタンをボールペンで指しながら、沙耶がやわらかく笑った。アイスドールがほころぶと、花が咲いたように華やかになる。

（沙耶さんの笑顔、なんて素敵なんだろう。こんなに綺麗なのだから、もっと笑顔でいればいいのに……）

雄太は、そんなことを思いながら志乃の携帯を呼び出した。

詳細を報告する間中、沙耶は書類を作成しながらも雄太を気にかけてくれている。まるで聖徳太子のような仕事ぶりに、できる女性のすごさの一端を垣間《かいま》見ることができた。

「あのぉ、課長が沙耶さんに代わってくださいとのことなのですが……」

「ああ、保留ボタンを押して受話器を置いてくれればいいわ」

またしてもボールペンを用い、指示を出してくれる沙耶。雄太が受話器を置くか置かぬかのうちに、志乃と電話でのやり取りをはじめている。その真剣な表情に、雄太はうっとりと見惚れた。

ふいに、沙耶の視線がこちらに向かい、目と目があった。

絡みついた互いの視線は、容易には解けない。ついに耐えかねた沙耶が、目を逸らす。アイスドールの頬が、はんなりと薄紅に染まっていた。

（うわあああっ！　沙耶さんが照れたぁ？　色白の肌が赤くなってきれいだ……）

目じりを下げて雄太が笑うと、いよいよ恥じらった沙耶が美貌を背《そむ》けた。

「もうっ！　何よっ！」

かちゃりと受話器を置いて、すぐに沙耶が抗議の顔を向けてくる。ノーブルな美貌は、未だ赤味を帯びて、まるで湯上がりのよう。色っぽいことこの上ない。

フロアの社員の大半は、外回りに行ってしまっているため、人目を憚る必要もほとんどないのだが、おのずと彼女は声を潜めている。

なんとなく秘密を共有しているようで、雄太は胸がドキドキした。

「何って、なんです？」

とぼける雄太に、もはやアイスドールを保てなくなった沙耶は、つんと唇を尖らせながらも、表情をやわらかくほころばせている。

「私のこと、ずっと見ていたでしょう？　それも……なんだか熱い視線で……」

「僕は補足することが出ないかと、様子を見ていただけですよ。でも、熱い視線って、意識しちゃっていたのですか？」

ただでさえ赤くさせた顔が、さらに赤みを増して可哀そうなくらいになっている。

動揺を隠せずにいる彼女からは、知的な印象まで霧散してしまい、意外な地の部分が透《す》けて見えてものすごく魅力的だ。

彼女がアイスドールを通しているのは、シャイであったり、少し不器用であったりすることを隠しているに過ぎないと雄太は知った。

「雄太くんの意地悪……。先輩をからかわないの……」

拗《す》ねているような、怒っているような、男女の仲を匂わせるような慣れが見え隠れしている。あきらかに沙耶との間合いに、一歩も二歩も踏み込めた気がした。

（そう言えば、沙耶さんの名前も手帳にあったっけ……。もしかして、この年上の人が僕の恋人……。そうだよ。きっとそうだ！）

これまでの展開を思うと、恐らくはこの沙耶ともムフフなことがあったかもしれない。記憶にはないが、こういうやり取りが、まるで痴話げんかのように愉しいのは、きっとそのせいだろうと勝手に納得している。

（うーん。それをどうやって確かめようか？　いきなり尋ねてみる訳にもいかないよなぁ……）

そんなことを雄太が考えているうちに、態勢を立て直した沙耶が、仕事の指示を出してきた。

入荷が遅れる商品をフォローする代替品の手配と、その旨を食品二課の営業マンを通して各小売店に承諾してもらう作業を、課長から命じられたらしいのだ。

雄太の担当は、今外回りをしている営業マンたちへの連絡だった。沙耶の方は、販売データをもとに、代替品の確保と配送の手配を受け持った。

トラブルシューティングが終了すると、その日の終業時間に近づいていた。

「雄太くん。お疲れ様、今日はもう上がってもいいわよ」

電話の合間に、声をかけてくれる沙耶。すっかり、仕事のできる先輩社員に戻っている。

雄太は、もう少し話をしてみたい誘惑に駆られたが、まだまだ忙しそうな彼女に気《け》圧《お》され、今日のところはあきらめた。

4

「お疲れ様……。なあにぃ、河内くん、まだ残っていたの？」

数日後、雄太が残業しているところに、外回りから帰社した志乃が声をかけてきた。時間はとうに夜の十一時を回っている。

どうやら接待か何かがあったらしく、心もち頬を桜色に染めていた。

「ああ、課長。お疲れ様です……。これだけは片づけてしまいたかったので……」

雄太が手がけているのは、明後日の得意先へのプレゼンの資料だった。とは言っても、雄太がプレゼンを行う訳ではなく、同僚の仕事の手伝いを買って出たものだ。

志乃から雄太の状況を説明されていた沙耶は、「デジャブでも見るようで、なんとなくおかしな感じね」と、笑いながらも丁寧にレクチャーしてくれた。

確かに、沙耶の教え方が上手いこともあったが、いざ仕事にかかってみると、先日の電話応対ではないが、意外にも様々な知識が蘇った。

営業に必要な商品知識はもちろん、キャンペーン企画の立て方や店舗の棚割りまで、中堅の食品卸の杉山商事は、幅広い業務をこなしている。

雄太は、自らの記憶とは結びつかないまでも、知識としてそれらをどうこなせばいいのか理解できた。迂回回路でも繋がったのだろうか。

「これならすぐにでも、戦力に戻れるわ……」

雄太のスキルを認めた沙耶も、教えるというよりも、やさしくサポートしてくれる形で、復職を促してくれるのだった。

けれど、さすがに外回りは、取引先に無用な心配や迷惑をかける恐れもあって、しばらくは控えることになっている。その分、内勤で役立とうとしているのだ。

「課長こそ直帰の予定じゃなかったんですか？　終電の時間も近いですよ」

先ほどまで一緒に残業していた数人の男性社員も、乗り換えが間に合わなくなると大急ぎで退社してゆき、いつの間にか残っているのは雄太一人になっていた。

「そのつもりだったのだけど、近くを通りかかったから……」

如才ない彼女のことだから、オフィスに電気が点《つ》いていることに気づき、様子を見に来たのだろう。

グラマーな女体をやわらかく揺すらせて、志乃は雄太のデスクに近づいてくる。

オフィスでは踵の低い、動きやすさ重視のパンプスだが、今は女性らしいハイヒールを履いている。

ムスク系のフレグランスが徐々に近づくにつれ、雄太の鼓動は高鳴った。

（やっぱり綺麗だなあ……どうしてこんなに綺麗なのだろう？）

志乃の姿から片時も目を離せずにそう思う。

すらりとした肢体は、背筋がきれいに伸び、立ち姿をいっそう魅力的にしている。

肉感的でありながら、細い肩、キュッと引き締まったウエストは年齢に負けることがない。それでいてボリュームたっぷりの乳房とムチッとした腰まわりの充実ぶりは、キャリアウーマンというよりも、赤絨毯《じゆうたん》の上を颯爽と歩く女優のようだ。

和風の顔立ちとは対照的に、その肉体は熟れきった南洋の果実を連想させる。

美しいのは体つきばかりではない。深い透明感のある肌は滑らかに光沢を湛え、つやつやと光り輝くショートカットのヘアと、一対のコントラストをなしている。

とても三十五歳になるとは思えない若々しさなのだ。

接待でお酒を飲んでいるのだろう。はんなりと目元を赤らめている志乃は、ものすごく色っぽく、目を離すことができなかった。

「あ、あの……。接待ですよね。首尾はいかがでしたか？」

至近距離にまで近づいてくる女体に圧倒されて、あわてて雄太は話題を振った。

「まあまあかしら……。でもあまり美味しいお酒ではなかったわね……」

本意ではない仕事だったのだろう。志乃は憂《うれ》いを含んだ吐息を、ふうと一つ吐いている。

「まさか、セクハラでもされました？」

雄太が明るく言ったのは、冗談のつもりだったからだ。

けれど、それは地雷であったらしく、美しい切れ長の瞳がふっと伏せられた。

「えっ？　本当にセクハラされたんですか？　何をされたのです？」

尋ねずにいられない雄太に、志乃は浮かない顔で口を開いた。

「まあ、この歳なのだからちょっと触られたくらいで、騒ぎ立てる気もないけれど。

酔ったふりしてお尻を撫で回すなんて最低よね」

言っているうちに腹が立ってきたのだろう。珍しく不機嫌さを露わにしはじめる。美形であるだけに、彼女が怒りを含んだ表情はちょっと怖い気がした。

「課長のお尻に触るなんて怖いもの知らずですね……」

そんな軽口が、さらに癇《かん》に障ったのか、志乃は眉を寄せて美貌を近づけてきた。

「あら、私に触るのは怖いもの知らずなんだ。悪かったわね……」

吹きかけられる息は、酒臭さなどみじんもなくむしろ甘くて良い匂いだ。

「あ、いや、その……。やっぱ怖いじゃないですかあ……。いや、でもですねえ、なんか羨ましいなぁって。課長にお触りできるなんて……」

なんとか空気を和らげようと口を開くたび、深みに嵌《は》まっている気がする。記憶が失われている分、うまくコミュニケーションが取れていない自覚があるだけに焦った。

「触ってみる……？」

急に真顔になった志乃が、思いがけぬ一言を投げかけた。

「えっ？」

キョトンとした顔に、屈み込んだ志乃のぽってりとした唇がぷにゅんと押し付けられた。

「うわああああっ」

思わず、すっとんきょうな声を出してしまった雄太に、あわてたように志乃が折り曲げた身体を遠ざけた。

「ご、ごめん。イヤだよね。こんなに年の離れた、それも、上司なんて……。これじゃあ、パワハラね」

ただでさえ赤くしていた顔を、さらに真っ赤にさせ、志乃はその場を立ち去ろうと背を向けた。

「ま、待ってください。今のは、不意打ちにちょっと驚いただけで、イヤだなんてそんな！」

ハイヒールが一歩を踏み出す寸前に、雄太は志乃の腕を捕まえた。立ち上がり、その腕をぐいと引っ張り、その背中を抱きかかえた。

一連の動作は、咄嗟《とっさ》のものであり、考えてのことではない。けれど、それが一番自分に素直なものであることは確かだ。

「はん……」

背後からぎゅっと抱きしめると、悩ましい吐息が漏れた。思いのほか、華奢な肉体に戸惑いつつも、下腹部に血が集まるのを禁じ得ない。

「す、すみません!!」

抱きすくめてしまったことを詫びはしたが、決してその手を緩めようとしない。それどころか急速に愛しさが募り、さらにきつく抱きしめてしまっている。

「すみません……僕、ぼく……ぅ！」

きゅっとくびれたお腹のあたりに回していた腕に、のしかかるたわわなふくらみ。その感触をさらに味わいたくて、じりじりと腕を引き上げる。

ぽよよんとした下乳が、重々しく当たる。その女性だけが持つ悩ましい感触に、さらに雄太は見境を失くしていく。

「いいのよ。いいの。触って雄太くん……」

しっとりとした掌が、雄太の手の甲を覆う。まるで赤子のそれのようにやわらかい感触に、背筋にびりりと性電気が走った。

やさしく手の甲を擦りながら、そのまま自らの胸元へと誘ってくれる。

「うおっ！　や、やわらかいいっ！　ああ、でも、僕、このおっぱいの感触を知っています。ぷにゅんぷにゅんで、僕の掌にも余るこのおっぱい。絶対に、触れたことがある!!」

スーツの上からでさえ掌を蕩かしてくれる熟れ乳房。薄い皮下にたっぷりとした熟脂肪がつまり、ふかふかむにゅむにゅっとした触り心地。ホイップクリームを詰め込んだ絞り機のようでありながら、低反発枕のような弾力もあって、雄太をたまらない気持ちにさせてくれるのだ。

「あふんっ……。オフィスでなんていけないことを……。ああでも、雄太くんにこうして欲しかった。君が大好きと言ってくれたこのおっぱいを、いっぱい触って欲しかったの」

肉感的な女体をわなわなと震わせて、美人上司がその心情を吐露してくれた。

「ああ、やっぱり……。やっぱり僕、このおっぱいに触れたことがあるのですね！」

「そうよ。おっぱいだけじゃないわ。この身体中、全て君のものなのよ……。なのにごめんなさい。私、あんな嫌な奴に触られてきた……」

切なく揺れるお尻に、もうすっかり固くなってしまったズボンの前をくすぐられる。

「それじゃあ僕が、たっぷりと触りまくって、清めてあげます！」

寝取られたような嫉妬を抱いた雄太は、その思いをぶつけるように、ぐりぐりと揉みしだいた。

掌に余るふくらみは、どんなに強くまさぐっても、全てを受け止めてくれる安心感がある。

「課長……。ああ、課長……」

熱い吐息と共に胸乳をまさぐると、激情がいや増した。

「ねえ、志乃と呼んで……。二人きりの時は、そう呼んでくれたわ……」

そう切なげに訴える志乃。欲情に啼き崩れた横顔は、ひどく艶めかしい。

「志乃さんっ！」

ショートカットに鼻先を埋め、うっとりと大人のおんなの匂いを存分に愉しむ。

揉み応えのあるふくらみも、スーツ越しでは物足りなくなり、その掌をゆっくりとずらしはじめる。

「うふううっ……。は、あああん……」

眉間に皺を寄せる美人上司の表情を横目で盗み見ながら、スーツとブラウスの隙間に手指を挿し込んだ。

やわらかさとぬくもりは格段にアップしたが、頭に血が昇った雄太にはそれでも飽き足らず、ついにはブラウスの合わせ目に手をねじ込ませた。

「あん、ま、待って……。ボタンがちぎれちゃう。乱暴にしなくても、触らせてあげるから……」

見かねた志乃が自発的に、ブラウスの前ボタンを上から二つ外してくれる。それすらも待ちきれず、雄太はくつろげられた素肌を目指した。

深い透明感の艶肌は、上質なベルベットのような手触り。ぬめるようでいて、つるつるすべすべなのだ。

「きれいな肌。手が滑ります。触っているだけで、蕩けそうだ……」

髪の中で戯れていた鼻先を薄い肩越しに、愛らしい耳元にまで運ぶ。

舌を伸ばし、耳朶《じだ》に這わせると、女体がびくんと悩ましく反応した。

「ここ弱いのですね。感じるのでしょう？」

「あふんっ、あ、ああ……。そうよ、そこ感じちゃうの」

正直に教えてくれる志乃に、もっと感じて欲しくなり、たっぷりと耳朶を舐め回す。

舌先を尖らせ、耳の孔《あな》に挿し込んだ。もちろん、手指は極上素肌を絶えず撫で回している。

鎖骨のあたりやデコルテラインをやさしくなぞり、掌でさすり、時につまむようにして愛撫した。

「あはあっ、雄太くん、気持ちがいいわ……。切ないくらいに、気持ちいい……っ」

背後から腕を交差させ、小指の先から付け根にかけてをピンと伸ばし、大きな乳丘をこそぎ倒す。

乳肌にぴったり密着させているから、自然と小指はブラカップの中に侵入して、グミのような硬さを持った頂点の蕾も勃ることができた。

「はうっ、ああ、それ切ないっ……。やるせない感じよ……」

頭の中をピンクの被膜で覆わせている割に、雄太は冷静に志乃を攻めていく。それは女上司を攻略したいからであり、のり子やめぐみの時の記憶があるからでもある。

(Hなことをするにも記憶があるってやっぱり大事だ……)

確かに、この乳房を存分に勝った覚えが手指には刻まれている。柔肌の触り心地にも手応えがあった。あとわずかなところで、記憶に手が届きそうな予感もある。

「志乃さん、僕は、どうゆうふうに志乃さんを攻めましたか？ どんなふうにするのが好きでした？」

志乃をもっと感じさせたい。自らの手で染め上げたい。できれば、彼女との過去を取り戻したい。そんな想いがあふれ、訊ねずにはいられなかった。

5

「君が、好きだったのは、志乃を恥ずかしいくらいイカせること……。たっぷりとおっぱいを弄った後は、必ず志乃の花びらを啜るの……。それも志乃のデスクに潜り込んで、あそこを、おま×こをナメナメするのが……あ、ああっ！」

要するに加虐的に苛《いじ》めるのが、好みだったようだ。

恥じらう様子を窺いながら責める悦び。年の離れた美熟女上司を乱れさせ、攻略することは、男の征服欲をこの上なく満足させるに違いない。それを知っている志乃に、掌の上で転がされているにせよ、その行為はあまりに魅力的だ。

「それ、させてください……。さあ、課長のデスクに行きましょう」

すっかり発情した志乃は、半ば夢遊病者のように雄太に手を引かれ、ゆっくりと自らの席についた。

オフィス用のデスクの下に、ヤドカリよろしく潜り込んだ雄太は、さっそくとばかりに志乃の濃紺のスカートの中に手指を挿し入れた。

むっちりと熟れきった太ももが、怯えたようにビクンと震える。それでいて、期待するような視線が、雄太の行為を覗き見ている。

「ダメですよ課長。仕事をしてください。きっとその方が、気持よくなれるはずですから」

美人上司のマゾ性を見抜き、強めの口調で注文をする。

「ああ、雄太くん、記憶が戻ったみたい。以前にも同じことを言っていたわ……」

切れ長の眼が、すっとパソコンのディスプレーに移動して、キーボードを叩きはじめる。それを機に、雄太は再びスカートの奥へと手指を運んだ。

まだ季節は初夏だというのに、早くも真夏日を記録している。ここはオフィスではあったが、この時間ともなると省エネの意味もあって空調は切られている。しかも、志乃の下腹部は相当に熱を孕《はら》んでいて、デスクの下はかなり熱かった。

「もう少し、股を開いてください」

自然と雄太は茹《ゆ》でダコのように顔を真っ赤にしたが、背徳の行為を止めようとは思わなかった。

「こ、こうかしら……」

かちゃかちゃとキーボードを打ちながらも、美脚を大きくくつろげていく。従順な志乃に満足を覚えながら、雄太は熟ももに手指を這わせた。

「つく……」

相当に肌を敏感にさせているのだろう。つっーと内ももを刷くだけで、くぐもった吐息が漏れ聞こえる。

「ふあああん、ゆ、雄太くぅん……」

想像以上に、美熟上司の太ももの肉感はたまらなかった。締まっているにもかかわらず豊満な印象を与えるのは、大人のおんなの成熟美に満ち溢れているからだ。

オフィスの照明に煌々《こうこう》と照らし出されていても、デスクの下は薄暗い。スカートの中の様子が窺えるのは、ごくわずかだった。

雄太は必死に目を凝らし、奥の方まで凝視した。それでも飽き足らず、スマホを取り出して、ディスプレーの光を頼りに秘密の花園を覗いた。

光沢のあるベージュのストッキング越しにも太もものむっちりとした充実ぶりは、それと判る。さらに奥には、大人っぽくて可愛い黒いパンティがあった。

だが、雄太の劣情を煽りたてたのは、しどけない下半身の様子ばかりではない。汗ばむ陽気の中、外回りをしてきた志乃だから、その陰部は相当に蒸れていた。ムンとするような汗と分泌物の入り混じった濃厚臭気が、高純度のフェロモンと化して匂っているのだ。

けれど、不思議と不潔さは感じられない。むしろ性欲を刺激する魔性のごとき芳香だった。

（これが、課長の匂い……。志乃さんの恥ずかしいおま×この匂いなんだ……）

思春期の少年の如く、雄太はおとなの牝臭に懊悩《おうのう》しながら、クーンと大きく小鼻を膨らませた。

記憶から消え失せたこの淫靡な光景を、もう一度しっかりと脳裏に焼き付けようと、目を血走らせる。

「すごい！　し、志乃さん、もっと見たい!!　触りたい！」

のぼせた状態の雄太は、ついに堪えきれず、匂いの源泉へと手を伸ばした。

「ひうっ！　いやん、雄太くん……。やっぱり、恥ずかしいっ！」

怖気づいた膝小僧が、慌てて閉じようとした。けれど、雄太の頭はすでに、両脚の間に入り込んでいる。首と手の力で内股の動きを封じ、さらには力ずくで両脚をくつろげさせた。

内股が大きく泣き別れ、タイトなスカートがずり上がる。

眼前に、股部で深く切れ上がった薄布が露出した。その小さな布地をふんわりと恥丘が持ち上げていた。しかも、パンティは窮屈に捩れ、股布《クロッチ》も淫裂にキュッと食い込み、生々しく女陰の形を現している。

「ああん、雄太くぅん」

アルトの声が、おんならしい悲鳴をあげた。

「ほら、ダメですよ！　ちゃんと仕事をしてください」

どちらが上司か判らない口調で、雄太は指示を出す。すると、緊張感に満ちていた下肢から力が抜けて、またしてもかちゃかちゃとキーボードを叩く音が聞こえてきた。

それをよいことに雄太は、指でパンティ越しに股間をスッとなぞり上げた。

「ふぬっ！」

甘美な電流に襲われたのか、イスから細腰が持ち上がった。

ただでさえ、雄太がやりやすいように浅く腰かけているため、ももの付け根がデスクの引きだしに当たり、大きな音をたてた。

「ううううっ！」

恐らくは、雄太に乳揉みされた時から、ずっと疼かせていたのだろう。そこを直接攻撃されたのだから、まるで痒いところに手が届いたようであったはずだ。

アルトの声が悩ましくオクターブを上げ、デスクに潜り込む部下を挑発した。

途方もなく魅力的な啼き声に、雄太はさらなる攻撃を加えた。

ぐいっと頭を前進させ、股間の奥へと食い込ませたのだ。

「おうぅっ！　あっ、はうん、だ、ダメぇ〜っ！」

雄太の頭髪の中を、志乃の手指がかき毟《むし》る。

自らの愉悦を堪えようとするものか、雄太にも官能を味わわせるためのものかは判然としない。判るのは、頭皮から湧き起こる甘い刺激ばかりだ。よほど雄太も興奮しているのだろう。頭をまさぐられる感触が、ダイレクトに下腹部にまで到達する。
うっとりとその快感を味わいながら、雄太は舌先を伸ばし、淫汁でぬかるんだ部分をこそぎ舐めた。

「ああんん、いやっ！　そんなことしちゃダメよぉ～っ」

Wに撓むあたりを指でも押してみると、薄布に滲《し》み込んでいた汁が、じゅわわわッと溢れ出した。薄布の中で、恥裂が赤く充血してザクロのようにはじけているに違いない。

「ここすごいですよ。お汁を吸ってグチョグチョです。欲求不満なんじゃないですか？」

おんなの肉体の哀しさを言い当てられ、女上司は頬を染めて恥じらった。

「ああ、ダメっ！　それは、そうじゃないの……。違うのよ」

言い訳をしようとする美人上司に雄太はほくそ笑んだ。苛めれば苛めるほど、志乃はマゾ性を晒してしまうのだ。

雄太は、さらに舌先で、ももの付け根部分をしゃぶりながら指を動かしていく。
熊手のように指先を曲げ、五本の指の腹でじっとりと内股の柔らかい部分をさすり回す。淫裂に食い込んだパンティの底辺を、揺らすように揉み上げた。

「あっ、いっ、やぁっ！　ああん……」

形の良い唇から次々と甘い愉悦を搾り取る。まるで本当に上司を凌辱しているようで、ゾクゾクしてくる。

「課長、感じるのですね」

あえて課長と呼んで、彼女の恥辱を煽ることも忘れない。

「いやぁっ。い、言わないでぇ！」

なおも雄太は、全ての指で秘唇の外縁に円を描き、志乃の性感を探る。

我慢しきれなくなった下半身が、もじもじと細かく蠢いた。

「はうん、っく……。ううぅっ」

湾曲させた中指の先端で、薄布の食い込む縦溝を船底から上へ向かってくすぐるようになぞる。

閉じようとする内股が頬に当たり、心地よい感触と生温かさを与えてくれた。

「やめてぇ。あっ、はん……。いやぁん」

ぷっくらとした肉丘を幾度も往復する指に、なす術《すべ》もなくおんなを反応させている。

その恥ずかしさまでが、さらに志乃の肌を敏感にさせるようだ。

「どうしました？　仕事の方がお留守ですよ」

「ああん、雄太くんの意地悪ぅ……。ひ、膝が震えちゃうの……。手にも力が入らないわ。もうあそこが……おま×こが熱くなって、痺れているの……」

今にもデスクに突っ伏しそうなくらい、上体が揺れている。あられもなく乱れよがる美熟上司に見惚れながら、雄太はさらなる攻め手を繰り出した。

「ほら、ほら課長。こういうのはどうです？」

薄布をさらに縦溝に押し入れるように、グリグリとねじ込んでやる。

「あっ！　あうぅ!!」

はだけたブラウスの隙間からブラカップに支えられた胸乳が、乱れた息に激しく上下している。ブラの下では乳首が、パンパンに充血してむず痒いのだろう。ついには、デスクにふくらみの先端を擦りつけるではないか。

「ふわあああああっ。ねえ、雄太くん、もどかしいっ……。お願いっ、触るなら直接触って……。でないと、志乃、おかしくなりそうっ！」

もどかしげに身を捩り、美人上司がふしだらなおねだりを口にした。

「うわああっ。言っちゃいましたね、課長……。判りましたよ。課長の淫らな花びらをたっぷりと舐めしゃぶってあげます」

スカートの中に挿し入れた手指をさらに奥まで突っ込んで、細腰にへばりつくストッキングとパンティのゴム紐を二本同時に鷲摑みにした。

ぴくんと女体は震えながらも、雄太が脱がしやすいように軽くお尻が持ち上がる。

「ああっ……」

被虐と悲鳴が相半ばしたような吐息が、白い喉元から絞り出された。それでも、雄太の手は休まない。

すぐに、ほこほこと温もりを放つストッキングと下着を足首までずり下げた。

「これも脱がしますね」

ピンヒールを踵から外し、揃えて脇に置いてから、ストッキングとパンティを爪先から抜き取った。

手の中に残った下着はどうしようかと一瞬迷ったが、背広のポケットの中に突っ込んだ。

6

「では課長のおみあしを御開帳～」

躁《そう》状態に近い雄太は、やけに明るい声で叫びながら、白い膝小僧を開いていく。

「ああ、雄太くぅん」

志乃のアルトの声には、羞恥に期待が入り混じっている。声の後ろにピンクのハートマークが見える気がした。

「課長、ライトのようなものを持っていませんか？」

先ほどから利用しているスマホでは、一定の時間が来るたび画面が暗くなってしまい不便でならない。実際のところ、そんな都合の良いものを志乃が持っているわけがないと、承知しながらも尋ねずにいられなかった。

ところが、志乃はデスクの引きだしを開き、まるで手術道具を手渡す看護師のように雄太の鼻面《はなづら》に細長い物体を差し出した。

「おお、ペンライト。どうしてこんなものを？」

質問してから、このプレイのために用意されたものと思い当たった。つまり、自分がここの常習犯であると確認されたのだ。そう知れると、渡されたペンライトがやけに淫靡なものに思われた。

カチッとペン先を回し、ライトの光を灯《とも》す。

雄太は、それを口に咥え、スカートの中を照らした。

「うおっ！　よく見える……」

小さな灯であっても、意外なほど明るく思えるのは、暗さに目が慣れていたこともあったのかもしれない。

視界を確保された雄太は、さらに作業しやすいようにと邪魔なスカートを太ももの付け根までたくし上げた。

「ああっ……」

再び志乃が、アルトの声を切なく揺らす。

深い陰影と茂みの奥に隠されていた花園が、全容を明かした。

二枚の花びらに縁《ふちど》取りされた神秘の縦裂。表面には、綺麗なピンク色の粘膜が濡れ光っている。

肉厚の花びらは貝紐のようで、時折淫靡にそよいでいる。熟れた印象を抱かせるのは、肉ビラが少し大き目であるせいだろうか。

「もっと、奥まで見たいです。もっと脚をくつろげて……」

「ううっ、恥ずかしい……。こんな恥ずかしいこと……」

すすり泣くような声とともに、さらに太ももが大きく泣き別れる。デスクの下、ギリギリにまで大きく割り開いてくれるのだ。

絶対に秘密にしていたいはずの秘部の内奥にまで、ようやく薄明かりが届く。

らだ。

「ぬふぉおおおっ！」

雄太は狂喜の雄叫びをあえて上げた。

いつまでも恥じらいを捨てようとしない志乃を責めるには、それが一番と思えたか

（これが志乃さんのおま×こ……）

そこには、さっきまで慎ましく合わさっていた二枚の肉びらが、雄太に見せつける

かのように奔放に口を開いていた。パックリと裂けた割れ目の内部では、鮮やかな色

彩が蠢いている。

それをペンライトで照らすと、媚肉が透けて見え淫靡さがいや増す気がした。

男を誘いこむ食虫植物のような雰囲気を漂わせつつも、上品な美しさすら感じさせ

る。

亀裂からはみだした肉びらは、透明な体液を滴らせ、雄太の猥褻《わいせつ》な悪戯がはじまる

ことを待ちわびていた。

（ああ、か、課長が濡らしている……）

ぬめ光り具合からして、愛液の量は相当なものだ。きっと雄太に抱きしめられてい

た時から、ぐしょ濡れにさせていたに違いない。

この鮮烈な光景に見覚えがあった。さらには、その淫臭にも覚えがある。

（もう少しだ……。あと少しで、記憶が戻る……！）

そんな予感を胸に抱き、雄太は濡れ粘膜に手指を伸ばした。

右側の肉厚の花びらを親指と人差し指に挟み、ぐぐっと外側に引っ張ってみる。

さらには左側の花びらも同様に引き、入り口をさらにくつろげさせた。

途端に、タラーリと愛蜜が多量に滴り落ちる。見る見るうちにカーペットに、黒いシミができるのだった。

「はううぅっ！　ふっくぅ……」

苦しそうなくぐもった声。下唇でも嚙みしめているのだろう。

けれど、雄太は遠慮なく、美人上司を辱《はずかし》めていく。

挟み込んだままの花びらを指の腹で揉み潰し、手首を使ってひらひらと揺する。

「つく……くふううう……っ」

太ももがぐぐっと引き締められ、アユの腹のようなふくらはぎにも緊張が漲《みなぎ》る。

限界まで引っ張った花びらが、ヌルついて指の間から滑り抜ける。

「はおおおおっ！」

浅く腰かけていた細腰が、ビクンと軽く浮いた。鋭く重い情感に襲われたのだろう。

「だ、だめよ。響いちゃうぅ……。そ、それダメぇっ」

ダメと言われると、やりたくなるのが人情。そして志乃の声にも、もう一度との期待が隠されているのだ。

雄太は、媚肉を再び指先に摘《つ》まむと、軽く揉み潰してから引っ張った。

先ほどよりもさらに伸びきったあたりで、ぬるんと滑った肉ビラは、ぴちゅんといやらしい音を立てて元へ戻った。

「きゃうううううっ。ああん、響く、響いちゃうぅぅぅっ」

艶めかしく太ももがぶるぶるっと震えた。細腰がくなくなと頼りなくうねっている。

「じゃあ、今度は、ナメナメさせてもらいますね」

雄太は、ペンライトを手に持ち替えて、あえかに口を開き女陰へと顔を近づけた。

「美味しそうな花蜜……。頂きま～す！」

受け口にした唇を一方の肉ビラに近づけ、すーっと吸いつけた。

花びらが生パスタのようにふるるるっと繊細に揺れながら、雄太の口腔に侵入した。

「ふぐうううううっ……あ、ああっ……」

あまりの喜悦に驚いたかのように、太ももがきゅっと引き締まる。割れていた内ももが閉じようとした動きを見せる。けれど、そこには雄太の頭があって、妨げられた。

舌に拡がる塩辛さは、海を思わせる。潮との違いは、そこにはんなりとした甘みが感じられることだ。それは、志乃の皮膚からにじみ出る体臭がそう感じさせるらしい。

雄太は、舌をくねらせて肉花びらを舐めしゃぶった。同時に、息を吸うようにして小陰唇をそよがせ、唇の内側に擦れるように工夫した。

もちろん、空いている手指は、すべすべの太ももを絶えず摩《さす》っている。

「んんっ……。ああ、いけないわ……。身体が悦んでしまう……」

引き締まったお腹を波打たせ、くびれをくねらせている。

快楽に浸った肉体が蕩けだしている証拠に、淫裂からはさらにポタポタと蜜液が滴っていた。

「美味しいです！　課長のおま×こ、やばいですぅ！」

右の花びらを存分に舐め啜ると、今度は左側に狙いを定める。

雄太の口腔でひしゃげた右側の肉ビラは、涎と淫蜜を吸って充血を高め、心もち膨れた気がする。

（舐めすぎたかなぁ……。まさか、ひしゃげたりはしないよな……）

幾分心配になりながらも、口腔にある側の花びらも容赦なく舐め啜る。

「はあああん、あうっ、あ、あああぅっ……」

キーボードを打つ手を完全に留守にして、美熟上司があからさまな喘ぎ声を上げたのは、歯先で肉ビラを甘嚙みした時だった。

まるでおしっこを漏らした後のように、太ももがぶるぶるぶるっと艶めかしく震えた。

「課長って、もっと貞淑《ていしゅく》に見えたけど、案外ふしだらなのですね。部下にナメナメされて悶えるなんて」

辱めの声を浴びせると、下半身の震えが大きさを増した。上目づかいで美貌を盗み見ると、うっとりと濡れた瞳とぶつかった。

あわてたように志乃は、目をぎゅっと瞑《つむ》り視線を外す。

「ああ、見ないで……。志乃の恥ずかしい姿、見ないでぇ」

アルトの声は、儚《はかな》く恥じらいに震えていた。

けれど、その口調とは裏腹に、手指を雄太の髪の中に差し入れ、愛しげにかき回してくる。言外に、もっと刺激が欲しいと訴えかけているようだ。

「本当は気持ちよくて仕方がないくせに。正直に言ったらどうです？」

美貌がいやいやをするように左右に振られる。あれほど凛としていた彼女が、まるで童女のようで可愛い。その姿を見ていると、さらに雄太は苛めたくなるのだった。

「感じないのですか？　そんなのおかしいですよ。これで感じないなんて……。もしかして、課長、不感症ですか？」

またしても、無言のまま美貌が左右に振られる。

「不感症じゃない？　じゃあ教えてください。右の花びらと左の花びら、どちらがより気持ちがいいです？」

質問しながら、またしても花びらを口腔に含み、舌先で洗う。左右同じ程度に愛撫して、比較させるのだ。

「あうっ。あ、あふあああっ。ど、どちらも同じような感じよ……」

「そうですかあ？　左右違うはずですよ。もっとちゃんと集中して……」

唇の先で甘噛みしては、つるんと落ちるまで引っ張る。先ほど、志乃が身悶えたやり方を、口腔でも試すのだ。

「ひゃうううっ。か、感じるわ。ひ、左側の方が……。うふぅ、ふああっ、つ、強く、感じる……っ」

素直になった熟女上司に、背筋をゾクゾクさせ、次なる責めへと転じた。

今度は割れ目の合わせ目に、口腔を軽く広げて、吸いつかせたのだ。途端に「ひっ」と、甲高い悲鳴が上がった。

硬くしこったクリトリスを舌先に捉え、べろんべろんと舐め転がした。

「あ、ああっ！　そこはダメぇ……。今そこを責められたら、志乃、おかしくなってしまうぅ〜っ」

白い喉元を震わせて、志乃が啼いた。

嗜虐を味わう悦びに目覚めた雄太には、抗《あらが》われるくらいの方が愉しい。それを見抜いているかのように、女上司は啼き悶えるのだった。

つんとした舌触りを上下の唇で動けなくして、舌先でつんつんと小突き回す。びくんびくんと女体の振動が伝わるが、容赦はしない。ついには包皮を剝いて、ずるずるずるっと肉芽の先をざらついた舌に擦りつけた。

「はぐうううっ……。あ、ああ、あああああっ！」

今にも感極まりそうな悩ましい声。見境いのなくなった雄太は、肉芽を口腔で弄りながら、ヒクヒクと蠢いている入り口に、ペンライトを慎重に埋め込んだ。

「はうっ！　何それ？　ああダメよ、身体が悦んでしまう……っ。おおおおぉっ」

額に汗を滲ませ、紅潮させた頰を強張らせ、志乃が息《いき》んだ。押し寄せる快楽に、身を浸らせ、全身を甘く蕩けさせているのだ。

「いやらしい音。志乃のおま×こが立てているのね……。あうああっ」

しとどに潤ったヴァギナにペンライトを出入りさせて、雄太はクリトリスを舐めしゃぶった。強く吸いつけては舌先で転がし、右に左になぎ倒す。

「むふんっ！　もうよして、志乃、恥をかいてしまいそうっ」

古風な言い回しでアクメを告げた美熟上司に、雄太は突如として攻め手を緩めた。

7

「ど、どうして？　どうしてやめてしまうの？」

あれほどダメと言っていたくせに、不満そうな口ぶりをする。年上の上司であってもおんなのウソはカワイイ。

「どうしてって、ダメって言ったのは、課長ですよ」

まぜっかえしながら雄太は、彼女が腰かけたままの椅子を押した。

キャスターがキュコキュコと音を立て後ろへと退いていく。軽く感じられるのは、決して彼女の椅子が高級であるからばかりではない。見た目にも豊満に熟れきった肉体は、けれど、やはり骨格が細く華奢なのだ。

「いやよ。そんな意地悪ばかり……」

志乃は、つのる情欲を懸命になだめようとするように、大きな深呼吸を繰り返している。顔から首筋までが赤く染まり、輝くような美貌がいっそう神秘的に艶めいている。

雄太は、狭い空間から外に抜け出し、縮ませていた体を大きく伸ばした。

「意地悪なんてしていません。ほら僕も、こんなになって限界なんです」

おもむろに、自らのズボンを脱ぎ棄て、逞しくそそり立つ分身を美人上司に見せつけた。

さらには、傍にあった一般社員用のオフィス用の椅子を引き寄せると、そこに腰を降ろした。

「もう少しで、イキそうだったのですよね？　でも、課長は僕のチ×ポでイカせたくて……」

訝《いぶか》しんでいた美貌が、ぱあっと明るい表情に戻って紅潮した。

「その代り課長のイキ顔をたっぷり拝ませてくださいね」

雄太は両手を大きく広げ、腕の中に飛び込んでくるように促す。

「さあ、チ×ポの上に腰かけてください！」

まるで夢遊病者のように志乃は腰を持ち上げると、ゆっくりと、けれど確実に雄太の太ももに跨ってきた。

「ああ、ちょうだい。君のおち×ちんで、イキたい……っ！」

扇情的に唇をわななかせ、眉間に眉根を寄せて、志乃がつぶやいた。その和風の美貌は、早くも淫情に咽《むせ》び泣いているようだ。

「僕も欲しいです。早く僕のチ×ポをおま×こで咥えてください！」

ふっくらと肉土手を飾る陰毛が、妖しく濡れ光っている。

ここまで潤った女陰なら、雄太の太い分身でも軽々受け入れてくれるに違いない。

「雄太くぅん……」

太幹に白魚のような指が添えられた。触れられた瞬間、思わず菊座を締め、勃起をぶるんと跳ねさせた。

「ああん。活《い》きのいいおち×ちん……」

指先から滑り落ちた肉塊をもう一度つかみ直す志乃。自らの胎内への入り口に切っ先をあてがい、亀頭部に花びらをまとわりつかせた。

「いい？　挿入《いれ》るわね……」

思い切ったように細腰が落ちてくると、ヌルンとした牝粘膜に亀頭部を覆い尽くされた。

「はうううっ！　ああ、やっぱり大きいっ！」

苦しげにも見える表情が、白い顋を晒して天を向く。それでも、勃起を導く掌は離れようとしない。

「ぐふっ。課長のおま×こ、ぬるぬるヌメヌメで最高です。ああ、だけど、早く根元まで咥えてください」

ゆったりとした迎え入れに焦れはじめた雄太は、泣き言を言うように頼み込んだ。

快感が強烈すぎるせいか、先ほどまでの嗜虐的な悦びは影を潜め、ピュアな少年のような面持《おもも》ちで、美人上司におねだりしてしまうのだった。

「ああん。雄太くんが可愛くなっている。ずるいわ、母性本能までくすぐるのね。いいわ。志乃の奥まで迎え入れてあげる……」

爪先立ちで持ち上げられていた踵が、床に体重を預けていく。ずるずるずるっと膣襞を擦らせながら屹立を呑み込んでいった。

「ふむうううっ。お腹の奥までパンパンに拡がっちゃう……っ」

じゅぶじゅちゅっと全てを迎え入れると、志乃はやわらかな尻たぶを雄太の太ももに預けた。うっとりとした表情で、雄太の首に細腕を巻き付けている。

「ああ、入ってる。君の太くて長いのが全部っ」

情感極まったエロ顔に、すぐにでも射精してしまいそうなほど興奮した。

「ああん。いいっ！　こうしてお腹の中におち×ちんがあるだけで、恥をかいてしまいそう……」

甘い息を細く浅く吐きだすのは、その言葉通りすぐにでも兆《きざ》してしまいそうなアクメを抑えているのだろう。

その悩ましくも愛おしい女ぶりに、雄太は首を伸ばして朱唇を掠め取った。

「あん。そんな短い口づけじゃいやっ。ねえ、もう一回して。こんどはもっと長く、熱ぅいのをお願いっ」

唇を窄《すぼ》めさせ、大人可愛くおねだりする美熟上司に、雄太はメロメロになって再び口づけした。その望み通り、今度は特別お熱いやつを。

「ふむううん、ほふうう、ふむん……ほうううっ」

舌と舌を絡め、たっぷりと口腔粘膜を刺激して、互いの唾液を交換する。

余程もどかしいのか志乃が太ももの上で、片方ずつ交互にお尻を持ち上げもぞもぞさせている。応分の愉悦が雄太にも押し寄せ、やるせなさが募った。

発情をきたした膣中は、しとどに濡れそぼり、ひどくぬかるんでいる。締め付けてはくすぐり、さらに奥へと引き込むように蠕動している。

「ふぐうう っ……。志乃さんのおま×こ、ひどく蠢いてますっ」

「そ、それは、雄太くんに悦んでしまっているの……。はふううっ、ずっと、こうしたかったから……」

ブラウスがしどけなくはだけた胸元をまさぐる。それだけではもどかしく、華奢な肩からブラ紐を落とし、ブラカップをずり下げて、強引に乳房を引きずり出した。

完熟のふくらみは、たよりなくぶるんと揺れ、下方へと垂れ落ちる。けれど、決して、だらしない印象は与えない。むしろ高貴な果実が、たわわにも誇らしく実っているようだ。

シミひとつない白い乳丘。その右側のふくらみに、まるで官能的なアクセサリーのようなほくろが一つ。

「ああ、このおっぱいのほくろには見覚えがあります。やっぱり課長が僕の……？」

あの夢の中の女性と同じ位置にほくろを見つけ、思わず雄太は前のめりに尋ねた。

けれど、志乃は、曖昧《あいまい》に微笑むばかりだった。

「君が自然に想い出してくれるまで待つわ……」

まるでナイチンゲールのように微笑んで、また唇を重ねてくる。

雄太は、そのずっしりと重い果実を下方からすくい、親指と中指に力を入れて揉みしだいた。

薄い乳肌の下、一方では熟脂肪がむにゅんと手指にまとわりつき、他方では行き場を失って淡い色合いの乳暈《にゅううん》の方へと移動する。

「はふうっ……ぬふううっ。君の大好きなおっぱい……。たっぷり触ってぇ」

絶えず唇を求め、乳房を弄《いじ》り回し、勃起を女壺に漬け込んで、心まで蕩けさせていく。それでいてさらなる悦楽を求めずにいられない。ペニスが疼き、皺袋が重く感じられた。

「志乃さん……。ああ、志乃さん！」

その欲望の限りを手指に込めて、胸乳を捏ね回す。すると、それに応えるように、志乃が細腰をゆっくりと揺らめかせた。

「ぐおおおっ！　いいよ。志乃さん。その動き、いいっ！」

志乃の細腕が、首筋にさらに強くむしゃぶりついてくる。それでも悩ましい腰つきは、とどまることを知らない。

ずりずりと勃起を膣襞に擦りつけ、粘膜で舐め回し、たっぷりと吸い付いてくるのだ。

「ふおおおっ。たまらないわ……。ねえ、志乃、たまらないぃぃっ！」

　ぎしぎしと椅子がきしむ。ぐちゅんぶちゅんと水音が続く。甘い息が耳元で吐かれ、雄太は耳からも興奮を煽られている。

「ぐふううぅっ。もうダメです。僕、もっと激しくしたいっ！」

　雄叫びをあげ、雄太は立ち上がった。肉感的な女体を腰部で抱え、フライパンを返すような腰使いで分身を抜き挿しさせる。

　あわてたように志乃は、雄太の腰部で脚を結び、懸命にしがみついている。

「きゃううぅっ！　刺さるっ！　お、奥を叩かれてるぅっ！」

　アクロバティックな律動にも、官能的な嬌声を吹き零す志乃。普段の凛とした中間管理職の姿からは、まったく想像のつかない乱れぶり。けれどそのギャップが、雄太の獣性を刺激してやまない。

「ぐおおっ！　課長っ！　課長っ！　イッて！　ほら、イクんだ！」

　駅弁スタイルで、腰を激しく揺すらせる。屹立を根元までぶっすり挿し込んで美人上司を突きまくる。

　凄まじい快感と共に、衣服が残された状態でのＳＥＸが、志乃を犯しているような気分にさせる。たとえ、それがプレイであっても背徳的な行為には変わりない。背筋がぞくぞくするほどの悦びなのだ。

「あうんっ、イッちゃう。志乃、恥をかくわぁ〜っ」

頬を紅潮させ、兆した表情で志乃が啼いた。

彼女もまた、夜のオフィスで若い部下とまぐわう背徳に酔っている。よがりまくるその姿は、一匹の牝でしかない。

「僕もイキたい！　課長のおま×こに射精《だ》してもいいでしょう？」

精巣に貯め込んだ白濁が、発射を求めて沸騰している。中出しを求める雄太に、志乃は首を縦に振って許してくれた。

「ちょうだい！　君の熱い精子、子宮に呑ませてぇ……」

切れ長の瞳を色っぽく細め、秋波《しゅうは》すら送ってくれる。熟女上司のぞくっとするほどの色気に、雄太はたまらず女陰の中で勃起を跳ね上げた。

「うれしいです。課長！　このでっかいおっぱいに顔を埋めて、たっぷりと射精させてくださいね！」

言うが早いか雄太は、デスクの上の邪魔なものを払いのけ、持ち上げていた女体を載せた。ムンムンとフェロモンを発散させている肉体を仰向《あおむ》けにさせ、覆いかぶさるようにして体重を預けた。

その間、肉塊は抜いていないため、互いの発情が冷めることはない。それどころか、先ほどまでとは異なる体位に、快感はボルテージを上げている。

「いきますよ！」

「来てっ！」

短い会話を交わし、雄太はその宣言通りに、深くふっくらとした肉の谷間に顔を埋め、ずるずるずるっと屹立を引き抜いた。

「ふあ、あああああんっ」

切なく啼く熟牝に、容赦なく勃起を押し戻した。

ぱんと肉打つ音が響くほど激しい挿入に、ぶるぶるぶるっと女体が震える。

「ああ、イクっ！　志乃、イクぅ〜っ！」

絶頂が、一気に押し寄せたらしい。堪えに堪えていただけに、その崩落ぶりは凄まじかった。

雄太を肉壺に埋めたまま、背筋をぎゅんと反らせて、苦しげに息を詰めさせている。

首筋や脚の筋をつっぱらせ、肉のあちこちをヒクつかせていた。

雄太は、その美しいイキ様を横目で見ながらも、肉竿の抜き差しを止めようとはしない。否、そんな余裕もないほど雄太も兆しているのだ。

「ほむううっ、あ、あああ……。ダメよっ、また来ちゃううっ！」

ずぶん、ずぶんと熱く抽送《ちゅうそう》させると、ドスンと落ちた婀娜っぽい腰が、またムクムクっと持ち上がってくる。

連続アクメに翻弄《ほんろう》されて、牝が燃え上がっているのだろう。イキまくって涙目になりながらも、志乃の腰つきは貪欲に自らの快楽を追っていた。

「ああ、どうしよう。志乃、壊れてしまう……。ねえ、イクの止まらないぃ～っ」

すすり啼く美人上司の官能美に、射精発作が爆発した。

「うおっ！　イクっ！　志乃さん、射精《で》るぅっ！」

止めとばかりに、ぱんと媚肉を深突きした。乳房に溺れながら、本能的に発射のトリガーを引く。

皺袋に貯められていたマグマが、一気に尿道を駆け上がる。肉傘がぶばっと膨れ、熱い迸《ほとばし》りを美人上司の子宮口近くにまき散らした。

「ああ、イッたのね……。君の精子、熱いわ……。熱すぎて、志乃、またイッてしまう……」

ぐびぐびと子宮で雄太の子種を飲み干しながら、志乃はまたしてもアクメを迎えている。

乳肌から顔を持ち上げ、その美貌を盗み見ると、まるで陸に打ち上げられた魚のように、ぽってりとした唇をわななかせている。

瞼を薄く開けてはいるが、その濡れた瞳は焦点が合っていない。

あられもなくイキまくる女上司に、雄太はむぎゅっと菊座を絞り、一滴残さず精液を吐き出すと、再びその顔を魅惑の谷間に埋め戻した。

第四章　クール美女の乱れ肉

1

「君が自然に思い出してくれるまで待つわ……」

確かに志乃はそう言ってくれたが、内心雄太は焦っていた。

あの夢の中の女性と逢えば、愛する彼女に逢うことができれば、記憶は戻るものと思い込んでいたのだ。けれど、現実には記憶が戻るどころか、なんとなく違和感を覚えている始末なのだ。

志乃は恋人であることを否定しないが、どこかあの夢の中の女性とは違う気がする。

あれから数日のうちに、志乃とは何回も肌を交わしている。その度に狂おしい愛しさと、凄まじいまでの悦楽を味わったが、頭の片隅で何かが違うと訴えている。

そう感じてしまうこと自体、志乃に対し心苦しいし、どこが違うのかも説明できないことにもどかしさを感じている。

「あ〜ぁっ、だけどなあ……」

もちろん、そんな疑問を直接志乃にぶつける訳にもいかず、ただひたすら悶々と重苦しい胸の内を抱えるしかない。

「どうしたら、記憶が戻るんだぁ？」

そんなことばかり考えているから、当然仕事に身が入らない。一応パソコンに向かってはいるものの、手元はお留守だ。

最近は雄太の教育係というよりも、お目付け役のような沙耶は、朝から所用で席を外していた。それをよいことに、ぼーっとお茶やコーヒーをがぶ飲みしては、トイレが近くなる雄太だった。

「ぷふふふふ……っ」

そんな雄太が、どこか滑稽《こっけい》であったらしい。お似合いのシャギーカットを小さく揺らし、そよ風のように笑う女性の姿が目に付いた。

その相手は、比較的席の近い女子社員の千葉佳奈だった。

（ん？　あれ？　佳奈さんに見られていた……？）

雄太と視線がぶつかると、あわてたように小さくお辞儀をしてくれる。

その愛らしい表情に、雄太も軽くお辞儀を返した。

どういう訳か食品二課は、美人揃いで社内でも有名だ。その中でも、課長の桑野志乃、アイスドールの遠藤沙耶とマドンナ的存在の千葉佳奈の三人が、社内の美人トップスリーとして男性社員たちから絶大なる人気を誇っている。

実際、三人が一堂に会すると、まるでアイドルユニットでも降臨したかのように、あたりがパーッと華やかになる。

（そう言えば、以前にも視線を送られていたような気がするけど……）

思えば、佳奈とはなんとなく目が合うことも少なくない。

カワイイ系の美女であり、明るい性格の彼女は、なんと言ってもその笑顔が魅力だ。女は愛嬌とばかりにいつもニコニコ笑みを絶やさず、その気さくさもあってか誰とでも気軽にコミュニケーションを取っている。

それでいて男に媚びるようなところも、甘すぎるところもないため、同性からも嫌われない。自然にみんなから「佳奈ちゃん」と呼ばれて、可愛がられる女子社員だった。

雄太よりも一つ年上の二十五歳と聞いているが、むしろ年下のように感じる。

（うーん。やっぱり、カワイイ……）

残念ながら佳奈の名は、例の手帳にはなかったが、面食いの雄太だから恐らく彼女にも気があったはずだ。

その彼女が、こちらをチラチラと気にするそぶりを見せているのだから、意識してしまって仕方がない。

（もしや彼女とも過去に何かあったのかぁ？）

あらぬ妄想が膨らむのをあわてて打ち消しても、視線を感じるのは気のせいではない。

（どうしよう……。やっぱ、視線を感じる……）

盗み見るように彼女の様子を探ると、またしてもバチッと視線があった。あわてて目を伏せる佳奈の仕草が、雄太の男心をいたくくすぐる。

まるで、思春期の少年に帰ったような淡い波紋が心に拡がり、ちょっぴりくすぐったい思いがした。

（いやいやいや、どうしようもなにも、今は就業時間。仕事に集中せねば！）

現金なもので、美女から見られていると思うと、仕事へのやる気も湧いてくる。

雄太は、目の前のパソコンに意識を集中させた。

2

いつの間にか季節は移ろい梅雨も明けて、いよいよ夏を感じさせている。

けれど、相変わらず雄太の頭の中だけは、すっきりと晴れることなく、どんよりとした曇天が続いていた。

どうすれば記憶が戻るのかも分からず、半ばあきらめ気味になっている。投げやりな気持ちも少しはあったが、だからと言って自暴自棄になっているわけでもない。それなりに仕事もプライベートも充実していて、気が紛れているといったところか。

要するに過去のないことが日常として、慣れてきているのかもしれない。

そんなある日に、会社の飲み会があった。

これといって何か行事があったわけでもなく、部署単位での福利厚生のような意味合いを含んだ会であり、一番偉い出席者も課長の志乃までという内輪の会だった。

「こういう会がある会社って、最近は珍しいわよね。やっぱり食品を扱っていることも影響しているのかしら……」

創業以来の伝統がそのまま社内の内規として残り、忘新年会や観楓会、お花見など年数回の飲み会を実施するように定められている。しかも、その予算の一部は会社が面倒を見てくれるのだ。

よほど話の分かる創業者であったのか、はたまた酒好きであったのかは、聞いていないが、そういう企業風土に慣らされてか、女子社員や若手の社員たちも飲み会を面倒くさがる様子はない。

「河内も、もうそろそろ得意先に顔を出しても、いいんじゃないか？」

赤ら顔で先輩社員の一人が、そう言いながら雄太の背中を叩いた。

どうして酔っ払いってこうも声が大きくなるのかと、あまり酒の強くない雄太は少しげんなりする。

「そうねえ。このまま内勤を続けているのもねえ……。沙耶さんと一緒に外回りに復帰するのもいいかしら……」

隣に座っていた志乃が、男性社員の思い付きのような提案を真に受け、思案をはじめた。

（うわあああ。お酒でほんのりピンクになった志乃さん、きれいだぁ……）

雄太としては、内勤も外回りも望むところであるため、どちらでも良い。

沙耶のお蔭で、仕事が面白くなっているのだ。

ノーブルな美人の沙耶が、常に自分のことを気にかけてくれることに優越感を感じると共に、うれしくもありがたく感じている。外回りに就《つ》いても、志乃の口ぶりではしばしの間、沙耶とバディを組む形で仕事に慣れていくことになりそうで、それはそれで異論はなかった。否、むしろ沙耶と二人で社外に出て仕事をできるのは、テンションが上がる。

「僕は、大丈夫です。もういつでも外に出られます」

きっぱりと宣言すると、志乃が優しい眼差しで頷いてくれた。

「お得意様を多少困惑させるかもしれないけれど、そのあたりは沙耶さんが上手くフォローしてくれるでしょう」

雄太と志乃は顔を見合わせ笑いあった。

不意打ちのように、ふわんとムスク系の官能的な香りに鼻先をくすぐられる。重々しく揺れる胸元が、妖しく雄太を挑発するようだ。

「こらあ、また仕事の話をしているなあ……。もっと、呑めえ」

そんな二人に割り込んできたのは、驚いたことに沙耶だった。

「まあ、沙耶さん。誰かに呑まされたのね？」

いつも冷静な志乃でさえ、驚いた顔を見せている。

「飲み会ですから、呑んでいますよ」

明らかに覚束《おぼつか》ない足取りが、雄太の肩を支えに、ドスンとその場に座り込んだ。

「沙耶さん、もう酔っています？」

「彼女、絡み酒だから気をつけてね……」

唖然とする雄太の耳朶を、潜められた志乃のアルトの声がくすぐる。

「呑んでいても、私は酔っていませんよ！　でも雄太くんは酔わなくちゃダメっ！」

色白の美貌は、むしろ冴えるように輝き、微塵《みじん》も酔った風には見えない。にもかかわらず、明らかにその中身には酒がまわっているのだ。

唯一酔っぱらっていると分かるのは、大きな瞳が妖しく濡れながら据《す》わっていることだ。

「課長、お邪魔します。でもねえ、聞いてください。雄太くんは、いつも頑張り過ぎているから、こんな時くらい仕事から解放してあげてほしいのです！」

二重《ふたえ》のくっきりした大きな瞼が、しきりに瞬きを繰り返す。長い睫毛《まつげ》が、まるで蝶々が羽ばたくようだ。

酔っていながらも、雄太のことを気遣ってくれる彼女に、やはり悪い気はしない。

「ありがとうございます。大丈夫ですよ沙耶さん。僕は、しっかりと飲み会を愉しんでいますから」

そう言って喉にビールを流し込んで笑ってみせると、沙耶がしなを作ってお酌《しやく》をしてくれた。

「そうね。河内くんの教育係だった沙耶さんが一番、彼の頑張りを知っているわよね。ごめんごめん。確かに息抜きも必要。ほら河内くん、もっと呑みなさい」

逆らうことが拍車をかけると知っているのか、志乃は沙耶の尻馬に乗った。それでいて、志乃の穏やかな瞳の中に、沙耶への対抗心が見え隠れするようだ。美人上司がビール瓶を傾けてくるのも、その表れと受け取れなくもない。

カワイイ悋気《りんき》を垣間見たような気がして、ちょっぴり雄太はうれしかった。

（仕事の疲れや記憶障害のストレスは、散々志乃さんが発散させてくれているからなあ……。もしかして、この後も……。でも、それを沙耶さんに知られたらどうなるだろう……）

競い合うようにお酌をしてくれる二人に、雄太は内心に冷やりとしたものを感じた。

「そうよ。呑め、呑め、雄太！」

空いたグラスにまたしても沙耶が、ビールを注ぐ。

社内でも一、二を争う美人二人を両手に花とするのは、天にも昇る心地がする。雄太にも酔いが回りはじめたか、ついつい鼻の下が伸びてきた。

「ああ、なあに？　そのだらしのない顔。ちょっと、すけべったらしい!!」

それを見つけた沙耶に、むぎゅりと太ももをつねられた。

「あたたたっ！　ほ、本気でつねらないでくださいよぉ……」

じゃれあう雄太と沙耶に、志乃が膝を立てた。

「私、他の社員たちとも呑みたいから……」

中腰になった志乃が、おどけるような口調で言葉を継ぐ。

「まあ、息抜きはいいけれど、二人ともあまり飲み過ぎないようにね。特に雄太くん、君には沙耶さんを家まで送り届ける役目を申し付けるから、ほどほどにするのよ」

雄太はこの後の志乃とのお楽しみがないことを知り、ちょっぴりがっかりすると同時に、彼女が意味ありげに残していったウインクの意味を、首を捻って考えた。

3

「沙耶さん、着きましたよ。このマンションで間違いないですよね？」

お酒が顔に現れないタイプであると聞いた沙耶が、ツヤツヤの頬を赤く染めているのだから、相当回っているのに違いない。

かろうじて住所を聞きだし、それと思《おぼ》しきマンションの前にタクシーを乗り付けた雄太は、座席の隣ですやすやと寝息を立てている彼女の頬を軽く叩いた。

それでも一向に目覚める気配がなく、やむなく支払いを済ませ、座席から引きずり出すようにして華奢な肩を抱いた。

決して下心があるわけではないが、その柔らかな胸元に雄太の脇が触れ、ドキリと心臓がざわめく。モデル体型の沙耶は、決して重いとは感じられない。むしろ儚いと思われるほどなのに、思いの外のふくらみにドキリとしたのだった。

「し、失礼しました……。い、今、お部屋まで運びますからね……」

ハプニングであり、彼女には正体がないとはいえ、雄太としては胸元へのタッチを詫びずにはいられない。

そちらに顔を向けるとアップにまとめた栗色の髪から、柑橘系の甘い香りが漂う。

「沙耶さん。もう少しですからね。まだ寝ないでくださいよ。風邪ひきますよ……」

ドギマギしながら沙耶に肩を貸し、道路からエントランスホールへと移動した。

「あっちゃぁ、参ったな。オートロックかあ……」

エントランスに取り付けられた銀色のパネルを見つけ、雄太は思わず舌打ちした。

自分の安アパートとは違い、若い女性が住むにふさわしい都会のマンションは、しっかりとしたセキュリティが施されている。

「さ、沙耶さん。起きています？　マンション、どうやって入ればいいんですか？」

抱きかかえた沙耶に呼びかけるが、ぐったりとして応えない。

パネルには、暗証番号を打ち込むための数字のボタンが電話機のように並んでいる。

さらにインターフォン用のカメラレンズとその下には小さな四角い小窓があった。

仮にここを突破できても、部屋に入るのに鍵が必要なはずだ。

「困ったな、鍵もいるかあ……。バッグの中ですかねえ？」

だからと言って、勝手に探るわけにもいかない。

雄太が途方に暮れていると、おもむろに沙耶がむっくりと顔を上げ、オートロックの暗証番号を押した。どうやらそれは、自らの部屋番号であるらしく、さらには指先をカメラレンズの下の小さな小窓に挿し込んでいる。

「指紋認証……」

つぶやく雄太に、ノーブルな美貌が小さく頷く。感心半分、急に正気に返ったような沙耶に驚き半分。雄太はキョトンとした表情で、彼女の横顔を見つめた。

ハーフと見紛うばかりの美貌が、すっとそちらに向けられると同時に、自動ドアが左右に割れた。

どうしていいのか判らなくなった雄太は、その美貌を呆然と見つめていた。

「部屋に……」

てきぱきとした口調で、物事をはっきりと進めていくタイプの彼女が、言葉足らずに雄太を促した。

部屋に連れて行って欲しいものと理解したが、その美しい瞳を覗き込むと、とても酔っているものには見えない。けれど、普段とも異なっている。強いて言えば、頑《かたく》なに何かを決意した幼子のそれに似ていた。

その息遣いからは、わずかに酒の匂いはするものの、むしろ甘く切ない気持ちにさせる大人の女性のそれが漂っている。

「は、はい。お部屋の前までは、お連れします。へ、部屋の前まで……」

未だ肩を貸す必要があるのかどうか、半ば疑問に思いつつも、どうすることもできずに沙耶の女体を支え、エレベーターに乗る。

三階までのわずかな時間であったが、気まずい沈黙と共にドキドキと心臓が高鳴る。

ようよう沙耶が打ち込んだ部屋番号と同じ扉の前に立ち、そっと彼女の腕を自らの肩から外した。

素直に退く彼女は、妙にモジモジしはじめる。

「あの。それじゃあ僕は、ここで……」

沙耶が部屋のカギを開けるのを見守ってから、雄太は小さく頭を下げ、彼女に背を向けた。何事かへのあらぬ期待を、どうにか自ら振り払う。

「もう意地悪っ。ねえ、待って。気づいているんでしょう？　私が酔ってなんかいないって……」

立ち去ろうとした腕を、沙耶の手指に捉えられた。

振り返ると、不安そうな眼差しがまっすぐに見つめていた。普段見慣れたアイスドールのそれではない。あれほど颯爽としていたはずの彼女が、淡雪の如く今にも消え入りそうに映る。

（沙耶さんの白目って、青白くて色っぽい……）

それこそが、彼女をハーフと見紛う理由かと、場違いなことを考えている。その一方で、愛しさが急速に募った。否、突然の愛ではない。ゆっくりと沈殿させてきた想いが、攪拌されたと同時に、化学反応を起こしてメラメラと発火したような、そんな心持ちだ。

「沙耶さん……」

思いつめた眼差しに射られ、今すぐにでも彼女を抱きしめたい衝動に駆られる。

恐らく、彼女も同じ思いであることを、腕に絡みつく手指からの熱でも伝わった。

「来て……っ」

カチャリと玄関ドアを開き、雄太の腕を引いて、沙耶は部屋へと招き入れてくれた。

4

（あれっ？　以前にもこんなことがあった……？）

導かれるまま、沙耶の部屋に上がった雄太は、そんなデジャブに襲われた。

部屋に充満する匂いが、彼女の体臭に近いものであること。配置された家具や調度品にも覚える懐かしさ。実際に聞こえてきそうな沙耶の鼓動や息遣い。様々なものが、雄太の五感を刺激して既視感を呼びおこす。

沙耶が部屋の明かりを灯すと、いっそう美貌を冴えさせた彼女が照らし出された。まるでオーラでも纏うように、眩《まばゆ》いばかりの輝きを放っている。

（ああ、僕はこの部屋に来たことがある。その時も……）

沙耶を抱いた。その幸福な想いが胸に流れ込み、雄太は満ち足りていく。

「以前にも、こんなことがありましたね？」

明確に取り戻しつつある記憶の欠片《かけら》について、沙耶に尋ねた。

「雄太くん、思い出したの？」

期待の色を浮かべ、沙耶が上目づかいで見つめてくる。

「あの……」

頭に浮かんだことを、もう一度整理して言葉にしようと試みたが、それ以上記憶は像を結ばず、虚《むな》しく宙に霧散していく。必死で、手を伸ばしたが届かない。そんなもどかしさが、またしても雄太を襲った。

「この部屋で沙耶さんを抱いた……。それは思い出したのですが、それ以上は……」

直截《ちょくせつ》な「抱いた」との表現に、沙耶の色白の頬がポッと上気した。それは、その記憶が間違いでないことの証明でもある。

（畜生！　沙耶さんとHした、そんな大切な記憶がないなんて……。あのスーツの中身、ナイスボディも知っているはずなのに……）

雄太とさほど身長の変わらないモデル体型を、まるで愛撫するかのように目で舐め回す。二人が男女の中であると確かめられたのだから、そのくらいの権利はあるような気がした。

「いやだ。雄太くんの目つき……。いまHなこと考えているでしょう……」

指摘され、雄太も頬を赤らめる。けれど、彼女への視姦を止めようとしない。それほどまでに魅力的な身体つきであり、このチャンスを逃したら次はない、と思えるほど沙耶は高嶺《たかね》の花なのだ。

「ねえ。想像するだけなの？　私に触れなくてもいいの？」

繊細で長い睫毛《まつげ》を伏せながらも、沙耶がフェロモンを発散させる。めったに見られない屈託のない笑顔が眩い。

雄太はごくりと唾を呑み、張りつく喉を潤した。

期待していなかったと言えばウソになる。のり子やめぐみ、志乃と同じく、あの手帳に沙耶の名も記されていたのだから、もしかすると……などと、妄想も膨らませていた。けれど、やはりそれが現実のものとなると、やはり信じられない思いでいっぱいになる。

（こ、こんなに美しい女性と……）

アイスドールと称されるほどパーフェクトな美貌が、清楚なまでの恥じらいを浮かべつつ雄太との甘い時を望んでいるのだ。

「お願い。雄太くん……」

なかなか行動を起こせない雄太に焦れたのか、すらりとした女体がスッとこちらに寄せられた。まるで猫が甘えるように、しなやかな身体がなすりつけられる。

「さ、沙耶さん……」

しわがれた声をようやく絞り出し、雄太は呻いた。

その肉体は、恐ろしくやわらかく骨格がないようにさえ思える。どこまでもしなやかで、伸びやかで、しかもいい匂いがした。

「い、いいのですか。沙耶さん？　僕とHしてくれる？」

つたない聞き方ではあったが、沙耶にはそれで十分だったようだ。

ノーブルな美貌が、ぱっと華やかに微笑んだ。

「うれしい……」

そう囁いた沙耶は、その上半身に身に着けていた紺のブレザーを上品に脱ぎ捨てた。

「雄太くん、見ていて……。私の裸、見て欲しいの……」

赤い唇が、ますます冴えるように赤味を帯びている。

白地にピンストライプのブラウスが露わとなると、すかさずその胸元を飾るリボンを颯爽と外した。

「さ、沙耶さん……」

呆然と雄太が立ち尽くす中、沙耶の白い指先は、ブラウスの前ボタンを外しにかかる。

上から順にふたつのボタンが外され、一つだけ飛ばされてから、さらに下のボタンが外されてゆく。ふっくらと盛り上がった胸元だけに残ったボタンが、かえって悩ましい風情を醸《かも》し出す。

ガン見しっぱなしの雄太に、さすがに羞恥を誘われたのか、わずかばかり躊躇《ためら》いが見られる。そこがまた、おんならしい可愛さに思えてならない。

「もう、雄太くんのスケベ……。恥ずかしいくらいじっと見るのね」

自らのふくらみを抱くようにして、細腰が捩《よ》じられた。

「だ、だって、沙耶さんの悩殺シーン。見ない訳にいきません！」

のぼせた顔を左右に振って、雄太は頭をはっきりさせた。できるだけ鮮明に、沙耶の肢体を網膜に焼き付けたいと思っているからだ。

それに応えるように、沙耶の手指は、最後のボタンをプツッと外した。

ふくらみの豊かさに張りつめていた布地が、はらりと左右に割れていく。

「うおおおっ！　さ、沙耶さ〜ん！」

目が潰れるかと思うほど眩い上半身に、思わず雄叫びをあげた。

細身ながら程よい肉付き。そこだけがボンと前に突き出したような胸元。飾り気のないベージュのブラジャーが、かえってその美しさを引き立たせている。

「もう、雄太くんたら、大げさすぎ……」

昂ぶる若牡に、沙耶は透き通るほど白い膚を朱に染めながらも、まんざらでもない表情を浮かべている。さすがに、いつものアイスドールは保てないようだ。

「大げさなものですか。沙耶さん、美しすぎて目が眩みます」

口ばかりではなく、目を瞬かせ、さらに背筋を仰《の》け反《ぞ》らせて、リアクションでも沙耶の美しさを褒め称える。

「でも、お願いですから、つ、続きを早く……」

下肢を覆うパンツスーツも早く脱いで欲しいと願わずにいられない。その雄太の願望も、沙耶はしっかりと叶えてくれるのだ。

「いいわ。全て見せてあげると決めたのだから……」

美人秘書を絵に画いたら、こうなるだろうと思わせるような理知的な美貌が、穏やかに頷いて、自らのズボン前へと手指を運んだ。

小さなつまみを指先で捕まえ、じじじっと微《かす》かな音を立てて前部のファスナーが下げられる。黒いボタンも外されると、パンツスーツの前部分がしどけなく垂れた。

しなやかな指先が、あわてて細腰のゴム部分を捕まえる。

ちらりとこちらを窺うような黒い瞳。普段の彼女とのギャップに、雄太はやられっぱなしだ。

（沙耶さんがカワイイっ！　心まで蕩けちゃうよぉ……）

しきりに疼くズボンの強張りを、雄太はほとんど無意識のうちにむぎゅりと右手で揉み込んだ。

強烈な刺激が下腹部から脳天にまで一気に流れる。その魅力的な快美に勝てず、二度目三度目の揉み込みを送る。ワイシャツの中を、じっとりと汗が伝った。

短くも長くも感じる時が過ぎ、細い指先が摘まんでいたズボンを引き下げていく。

ナイスバディが前屈みとなってしなやかに右足を抜き取る。

ひらめくブラウスからブラカップに包まれた胸元が、悩ましく見え隠れしている。

沙耶は同じ姿勢のまま左足もズボンから抜き取った。

「ねえ、私だけ裸になるの恥ずかしいわ。雄太くんも……」

一時も離れようとしない熱視線に耐えかねたのか、沙耶が雄太を促した。

（うわあああっ、ほ、本当に、Ｈさせてくれるんだ！）

無論、服を脱いでくれるのだから、そのつもりであると判っている。けれど、それはどこか夢でも見ているようで、実感を持てずにいた。それは脱ぐように促されてなお変わらない。それでも雄太は、首にぶら下げたネクタイを緩め、シャツのボタンを手早く外した。

5

ナイスボディからブラウスが無くなると、次にどうするかわずかな逡巡《しゅんじゅん》が見られた。

ブラジャーを外すか、パンティを脱ぐかの選択に迷ったようだ。

その躊躇《ため》いが、色香となって漂っていることを沙耶は気づいていない。

(そそられる〜！　ああ、早く、沙耶さんの全裸を見せてぇ〜っ!!)

内心で叫びながら、雄太は自らのズボンを脱ぎ棄てた。

屹立がパンツにテントを張っている。そこに沙耶の目が釘付けとなっている。うっとりと瞳が潤みを帯び、発情を湛《たた》えていた。

その視線を十分以上に意識して、雄太はパンツを一気にずり下げた。

硬度も大きさもマックスにした分身が、ぶるんと風を切る。誇らしげに天を向いた亀頭部は、既に先走り汁でネトネトだった。

「あっ……」

情感たっぷりの吐息を漏らし、沙耶も自らのパンティを足先から抜き取った。

引き締まった腹部の下、なだらかな恥丘に、思いの外、濃い影が茂っている。しかも、その漆黒の陰りは、ところどころ露《つゆ》に濡れていた。

（おおおおっ！　さ、沙耶さんが濡れている……）

恥じらいの表情を伏せたまま、沙耶は美しい背筋をさらに伸ばし、腕を背中へと回した。

（つ、ついに沙耶さんのおっぱい！）

背後で手指が数秒間蠢くと、プツッと音を立て、ベージュ色のゴム部が前方へと撓《たわ》んだ。

肩ひもが儚くズレ落ち、白い胸元をふっくらと覆っていたブラカップも危うく落ちそうになる。

その刹那、沙耶の掌がカップを受け止めた。

もう少しで全容を現しそうなふくらみに、雄太は恋い焦がれた。

「さ、沙耶さん。焦らさずに、早く……。早くおっぱいを見せてください」

懇願する口調になるのを禁じ得ない。

そんな雄太に、伏せられていた美貌が持ち上がり、やわらかな微笑が咲いた。

「そうね。焦らすような真似をしてごめんなさい。全部見せてあげるのだったわね」

羞恥を呑み込んだ沙耶は、誇らしげにさえ映る。

右足を左足の前に出し姿勢良く立つと、自らのブラカップを胸元から外していった。

現れ出たのは、つんと上向きの豊胸。大きさは、のり子よりも一回りほど小ぶりながら、色艶は誰よりも良い。

つるんとした剝き玉子のようで、触れた途端に手指が滑ってゆきそうだ。さらに純白の乳肌には、その頂上部に純ピンクの乳暈化粧が施され、一種神々しいまでの美しさだった。

「沙耶さん、きれい！」

そんなありきたりな言葉では表現しきれない光景に、感動のあまり雄太は涙ぐんでいる。震える声を抑えようにも、抑えきれない。

「雄太くん、こっちへ……」

はにかむような笑みを見せ、沙耶が雄太の手の甲を捕まえた。手を引かれ、導かれた先は、彼女の寝室だった。

「沙耶を愛して……」

ウィスパーヴォイスが、耳元をくすぐる。

愛と美の女神ヴィーナスさながらの裸身が、ベッドの上に投げ出された。

首だけが持ち上がり、自らの後頭部に腕を回す沙耶。丸く窪んだ腋の下が、やけにエロい。

栗色の髪をアップにまとめているピンが引き抜かれると、やわらかくウエーブのかかった雲鬢《うんびん》が華やかにベッドの上に散った。

女ぶりをさらに増した彼女を追って、雄太もベッドに上がる。

部屋には、より濃厚に沙耶の匂いが染みついている。

「沙耶さん、本当に綺麗です……」

白い裸身に寄り添うと、びくんと女体が震えた。

首筋に唇を這わせながら、左手を乳房にあてがう。右手は女体の側面を伝わせ、下腹部へと運ぶ。

性急な愛し方との自覚はあったが、このパーフェクトボディの前ではとても冷静でいられない。

「んんっ……」

それでも唇と舌で首筋からデコルテラインを舐め回すと、容《かたち》のよい朱唇から艶めかしい吐息が漏れた。

つんと上向いた乳房を側面から捉え、中指と親指で潰す。

下腹部へと運んだ右手では、やさしく下腹部の濃い茂みを梳《くしけず》る。

「くふん、ふううっ……。っくふ、はむん……」

柔肌のなめらかさは、極上シルクを思わせる。掌や唇、触れあう肌でも、その素晴らしさを堪能した。

「沙耶さん！　ああ、沙耶さん！」

右手をさらに下方へとずらし、肉土手に被せた。

中指を中心にした三本の指を鉤状に曲げ、捉えた肉土手をやわらかく揉み込む。

「はんっ！　ふぁあ、ああ……っ」

まっすぐに通った鼻筋が、くんと上を向いた。愛らしい鼻翼が、ひくんと蠢く。

「沙耶さんのここ、もう濡らしているのですね」

中指をさらに掌の内側に折りこむように曲げると、くぷっと淫裂の中に食い込んでいく。

「ほら沙耶さんの胎内に、僕の指が入りますよ」

狭隘《きょうあい》なチューブのような膣孔に、ゆっくりと中指を沈めていく。人差し指と薬指は、沙耶の肉ビラの表面にあてがっている。

愛撫するのに全く支障がないほど、その表面は濡れそぼり、ぬちゅぬちゅといやらしい音が立つ。

「んんっ……。はぅっく……。くふぅううう……っ」

漏れる喘ぎが恥ずかしいのか、左の人差し指を噛みしめている。右手は白いシーツをきつく握りしめていた。

「つく……。ふうん、あふああっ……んふう……っ」

それでも小鼻から、悩ましい吐息が絶えず零れ落ちる。

堅く瞼を閉じ眉根を寄せているため、ノーブルな美貌は苦痛に歪むようだ。

「痛いです？　苦しければ言ってくださいね」

極度の興奮状態にありながらも、雄太はやさしさだけは忘れずにいた。

「大丈夫。気持ちが良いの……。だから、続けて……」

薄目を開けて応えてくれる沙耶。その眼差しには濃厚な秋波も込められている。

こくりと頷き、中指をさらに付け根まで埋め込んだ。

「ううっ……くふううう……っ」

狭い膣孔は、みっしりと肉襞に覆われている。相当にぬかるんでいるものの、まだほぐれてはいない。

蜜壺に漬け込んだ中指を、ゆっくりと曲げ伸ばしさせた。

「あっ……！」

快感神経の密集する場所を刺激され、美貌が強張る。

ビクン、ビクンと反応を示す位置を特に念入りに擦ると、腰高の長い脚がじっとしていられないと言うように、立て膝に引き上げられた。

「ここ、気持ちいいのですね？　ああ、ここもですね？」

沙耶に確認を取ると、細《ほ》っそりとした頤が縦に振られた。

完璧な美貌が悦楽に崩れる様に、雄太ならずとも高ぶらぬ方がおかしい。まして、教育係を務めてくれる高嶺の花の先輩社員なのだ。

雄太は、やるせないほど硬くさせた肉竿を、成熟した太ももに我知らず擦りつけていた。

「んっく……。ゆ、雄太くん……」

シーツを摑んでいた白魚のような指が、雄太の勃起に伸びてきた。太もものすべすべ感とはまた違った、手指のなめらかさ。しっとりふっくらの甘手が、繊細に握りしめ、あるいは擦る。

「うおっ！　さ、沙耶さんの手、気持ちいいっ！」

湧き起こる快感に身を浸しながら、雄太は膣肉の丸みに沿って蜜壺をかき回した。

やわらかくほぐれてきたヴァギナを、さらに拡張するような動きだった。

「ひうん、ほうううっ、ああ、いい……っ！」

つぐまれていた唇がついにほつれ、うれしいよがり声が零れ出た。

千々《ちぢ》に散らばった栗色の髪が、左右に振られおどろに揺れている。

「いいわっ、ねえ、いいの……。ああ、沙耶、乱れてしまう……」

ハーフのような沙耶が、古風な言葉を吐くのはとても新鮮であり、やけに色っぽく感じた。

「さ、沙耶さん！」

たまらなくそそられた雄太は、体の位置をずらし、結合の態勢を整えた。

それと知った沙耶もまた、立て膝に太ももを開き、若牡のポジションを適正な位置に導いてくれる。

「来て……っ」

ウィスパーヴォイスが促した。マニキュア煌めく右手が勃起に添えられ、雄太が腰を押し出すだけで挿入可能にしてくれた。

6

シルキーな太ももを抱えるようにして、雄太はゆっくりと腰を沈めた。

「ふむううううっ！」

ふっくらした膣粘膜を、巨根で拡げる。

充分にほぐしたつもりだったが、それでも狭隘な女陰だった。

ぬめぬめとした無数の触手が、ちゅっちゅっと侵入を果たしたエラ首に歓迎のキスをしてくれる。

鋭い電流が分身から背骨に、そして脳髄へと走った。

「つくぅぅ……。な、なんて狭くて、具合のいいおま×こなんだ！」

ずぶずぶずぶっと埋め込むと、あまりの良さに引き抜かずにいられない。引き抜けば、またすぐに押し入りたくなる。それほどまでに男を蕩かせる蜜壺だった。

「あ、ああ……。雄太くんの大きなものが、沙耶のお腹の中で暴れている」

みっしりと充溢させた膣道を、ぐりぐりと肉竿で抉《えぐ》る。

短いストロークを刻みながら体を折り、悩ましく揺れ動く鳩胸に唇を寄せた。

薄紅の乳首を口腔に含むと、ムクムクと甘勃《だ》ちしてくる。その肉蕾を舌腹で転がし、あるいは舌先でなぎ倒すと、さらに硬さを増すのが愉しい。ついにはカチカチになった乳首を歯先で甘噛みすると、びくんと細腰が持ち上がった。

「はううう……っ。ああ、いやらしいくらい沙耶の乳首を舐めるのね……。ふううん、硬くなっているでしょう？　ああ、沙耶もいやらしいっ！」

栗色の髪に顔を埋め、わが身のふしだらさを恥じらう沙耶。それでいて奔放に、細腰を練り上げて、雄太にも快感を送り込んでくる。

「ねえ、沙耶を抱いてどうかしら？　少しは何か思い出せた？」

そう尋ねられて、改めて雄太は自分が記憶を失くしていることを思いだした。記憶がない不安や、過去を取り戻せぬ苛立ちのようなものも、この女体に癒されている。

（女神さまが、僕を癒してくれている……）

興奮と感動の中、雄太は夢中で腰を振りはじめた。

沙耶に種付けしたくてたまらない。あふれ出る愛情に、本能が刺激されていた。

「あううっ……。射精《で》そうなのね……。いいわ、来てっ……。沙耶が受け止めてあげる」

彼女もまた本能を刺激され、受精を求めている。白いはずの裸身を眩いまでのピンクに染め上げ、発情を露わにするのだ。

「ぐおおおっ、さ、沙耶さ〜ん！」

充実した尻たぶを抱え、深挿《ざ》しと練り腰を繰り出す。

M字に開いた長い脚が、自らの細腰をぐんと高く持ち上げる。雄太の付け根部に、クリトリスを擦りつけて、抽送の手助けをするのだ。

「ひふううっ！　ねえ沙耶もイキそうっ！　雄太くんと一緒にイクのっ」

沙耶の腰つきが速度を上げていく。迎え撃つ雄太も、直線的な抽送に切り替え、快感を追った。

ぐちゅぶちゅっ、ぶぢゅぢゅちゅっ、ぢゅぶんぐぢゅん——。

愛液の飛沫《しぶき》を飛ばし、淫らな水音をたて、互いの性器を擦り合わせる。

目から火が出るほどの悦楽を味わい、背骨が溶け落ちるほどの官能に酔い、射精衝動を募らせていく。

「うぐぐぐぐっ、さ、沙耶さん、もう！」

「ほうううっ、イクっ！　沙耶イクっ！　来てっ、ああ来てっ、ねえ、ねえ、雄太くぅ〜ん！」

白い女体をのたうたせ、あられもなく沙耶がイキまくる。その凄まじい嬌態に煽られ、雄太も射精した。

精液がずどどどっと音を立て、鈴口から飛び出すのを、雄太は確かに聞いた気がした。

怒濤の快感に押し流され、ビクンビクンと尻肉がひくつく。

「はうあああっ、ねえイッてる！　雄太くんと一緒に沙耶もイッてる！」

首や二の腕に美しい筋を浮かせ、沙耶は全身を突っ張らせている。大きな瞳がかっと開かれ、眦からは涙がこぼれていた。

「沙耶さん、どうしよう……。僕のち×ぽまだ収まらないよ……」

夥《おびただ》しい量の体液を吐きだしたはずなのに、勃起が収まらない。それどころか、もっと沙耶が欲しくて仕方がなくなっている。

いくら水を飲んでも収まらない、ひりついた渇きにも似た欲求だった。

もちろんそれは沙耶のボディがあまりに魅力的すぎることもあるが、それ以上に彼女が与えてくれる癒しと愛情のたまものでもある。早い話が、彼女への想いが強すぎて萎《な》えないということかも知れない。

「まあ、雄太くんったら……。いいわよ。もう一回する？」

濡れた瞳を妖しく輝かせ、沙耶が色っぽく誘ってくれた。

「いいの？　沙耶さんっ！　ぐおおおっ！」

こくりと美貌が頷くのを合図に、雄太は雄叫びをあげてゆっくりと腰を動かした。痺れるような快感。くすぐったいような、もどかしいような感覚のペニスをずるずると律動させるのだ。

「はううっ。ああ、そんな、いきなりなの？　雄太くぅ〜ん」

たゆとうていた絶頂の漣《さざなみ》を、新たな律動がかき乱すらしい。沙耶が狼狽《ろうばい》するように貌《かお》を強張らせ、朱唇をわななかせた。

「ああ、すごい。沙耶のお腹の中で、おち×ちんがどんどん固くなっていく」

湧き起こる喜悦に、勃起硬度が上がるのを沙耶はそう表現してくれた。

「そうだよ。沙耶さんのおま×こに擦れて、もっともっと膨れるよ」

へこへこと腰を繰り出し、女陰を出入りさせる。

水牛の角のように尖りきった乳首を掌底に擦らせるようにして、鳩胸を潰した。

「あん、ああ、あはん……。うふうっ、はううっ、ほおおおお……っ」

もはや沙耶は、よがり声を堪えることなく、感じるままに謳《うた》いあげてくれる。その妙《たえ》なる調べに、雄太は心まで蕩かしながら奥を抉る。

一度放出したおかげで、先ほどよりは余裕を持って責めることができている。沙耶の反応を確かめ、甲高く啼く、あるいは悩ましく身悶える位置にたっぷりと擦りつけるのだ。

「ぐふううっ、沙耶さんのおま×こ、ぬるぬるぬめぬめなのに締め付けが強くて、とってもも気持ちいいです」

沙耶の愛液に雄太の子種までもが加わり、畝はさらにぬかるんで律動はスムースになっている。

ぐぢゅ、ぶちゅっ、ぢゅぢゅっ、ぢゅぶちゅっ——。

屹立のストロークを大きくすると、練り上げられた体液が白く泡立って、白い内股に滴った。

「あうっ、ふぐっ、だめ、またイクっ！　あ、あぁ～っ!!」

一度アクメを迎えた女体は、肌を敏感にさせている。しかも、若牡の方は、幾分冷静さを取り戻し、弱い部分ばかりを責めるのだ。アイスドールと呼ばれ、表情を隠すことに慣れた沙耶であっても、もはや官能から逃れる術はないようだ。

「沙耶さん、体位を変えてもいい？」

そう尋ねると、興奮の表情のままこくりと頷いてくれた。

了解を得た雄太は、一方の美脚のひざ裏に手をあてがい、ぐいと持ち上げさせた。そのまま自らの体の中心にカモシカのような脚を運び、もう一方の美脚を跨いだ。スレンダーグラマラスな肉体を横向きに寝かせ、ぴんと伸ばされた脚を抱きしめながら、雄太はぐんぐんと肉茎を押し込んでいく。

「はううっ、あ、あぁん！」

びくびくびくんと、女体に振動が起こった。連続絶頂に浸された沙耶が、またしてもイキ乱れている。

白い裸身は、多量の脂汗にまみれ、茹でられたかのように純ピンクに染まっている。

「さっきと違う角度でおま×こに擦れて気持ちいいです。沙耶さんもでしょう？」

言いながら視線だけで美貌を覗くと、アクメにまみれた表情が、がくんがくんと頷いた。

「あっすごい。ねえすごいの……当たっている！」

沙耶は、豊かな髪をおどろに振って身悶えた。

ノーブルな美貌が、跡形もなくよがり崩れている。

雄太は、背筋をぞくぞくさせて、目の前の愛らしい足指に吸いついた。

「いやん、ダメぇ……。ああん、ダメよ、そんなとこ、汚いわ……っ」

親指を舐めしゃぶり、中指を啜り、小指まで順に口腔で躍らせる。

「沙耶さんに……ぶじゅるる……汚いところなんて……レロン、レロレロ……ありません。それに、この指、可愛らしくて……ちゅちゅちゅっ……美味しいっ！」

土踏まずや踵まで舐め回すと、沙耶はまたしてもびくびくんとイキ悶えた。

敏感になりすぎた女体には、こんなところまでが性感帯となるらしい。

「あふああっ……いいっ！　良すぎて沙耶、どうにかなっちゃいそうっ」

女体が白蛇のようにのたうち、栗色の髪が揺れる。

雄太は、抱いていた脚を反対側に下ろさせて、彼女をうつ伏せにさせた。

「もう少し、股を開いてください。そう。そのまま僕にお尻を預けて……」

素晴らしいくびれに手を添え、婀娜っぽい腰を浮き上がらせるように強く引いた。

その勢いで、パンと腰を尻たぶに打ちつける。

「きゃうううっ！」

激しい喜悦に蝕《むしば》まれ、沙耶が甲高く啼いた。

お尻だけを宙に浮かし、ぐったりした様子で上半身をうつ伏せている。それでいて肉柱を打ち付けられるたび、白い首筋を仰け反らせて悩ましく呻くのだ。

シングルベッドをギシギシと軋《きし》ませ、雄太は沙耶の媚肉を凌辱した。

知性と教養にあふれた遠藤沙耶は、もういない。羞恥の楔《くさび》からも解き放たれ、ただの美牝へと変貌を遂げている。

「雄太くんお願い……もう……もう堪忍して、沙耶、壊れちゃう」

「何言ってるんです、沙耶さん。僕はまだできますよ。もっともっと沙耶さんが欲しい」

牝孔に散々に擦りつける雄太は、涎を垂らしながら悦楽に浸《ひた》った。イキっぱなしの沙耶は本当に壊れたみたいで、エンストを起こした車のように、ガクガクとノッキングを起こす。にもかかわらず、雄太は沙耶の肉体に飽きることなく、陰唇に逞しい剛直を出入りさせた。

「うっくう……もうダメ……沙耶、恥ずかしいくらいイッてるの」

「でも、咥えているのは沙耶さんですよ。それに、いいからイキまくるのですよね？」

雄太に我が身の淫らさを指摘され、媚肉がキュンッと窄まった。

蜜壺がうねうねと蠕動しながらまとわりつく。そのイソギンチャクのような感触が、雄太の性感を沸騰させた。

「はうんん……うううううっ……あああっ……いい。やっぱり気持ちいい！」

鳥肌が立つほどの官能に流され、もう沙耶から離れられなくなるであろう予感がした。

興奮した掌で、白い背筋を掃くように円を描いていく。手指を薄い肩に到達させて、モデル体型の細身をベッドから引き起こした。

彼女の肩越しに顔を持って行くと、うっとりとした表情で沙耶は、左手で雄太の頬を撫で回し、唇を近づけてくる。

繋がったままの肉竿は彼女とのキスに昂り、大きさを増してビクンと胎内で跳ねた。やわらかな唇が、貪るように雄太のそれに重ねられる。口づけしながら沙耶は、すすり泣いていた。

長い蕩けるような接吻を終えた雄太は、薄い肩を捕まえて律動を再開した。接吻で情感が高まっていた沙耶は、身も心も蕩けさせ奔放によがり啼く。

「いいわ。もう、どうなってもいい……。沙耶、溶けちゃうぅ～っ」

眉根に悩ましい縦皺を刻み込み、息を荒らげていく。

ズンッ、ズンッと力強く叩き込む躍動感に充ちたストローク。鼓動と鋭くシンクロして、熱い情動が込み上げる。

「沙耶さん。好きです。大好きですっ！」

「私も……沙耶も雄太くんが好き……あ、あ、あっ……いいっ！　沙耶、またイクっ！」

肉棒にまとわりつく膣肉が、より艶めかしいぬめりを帯びた。

雄太は前方に手を回し、薄紅色の乳蕾を指先で摘んでひねった。

「うっ、はあんっ……ああっ」

ゾクゾクッとした戦慄が乳首から全身に駆け抜けるのだろう。沙耶は、背筋を反らして頭を雄太の肩に預けた。

晒された白い首筋にブチュッと唇をつけ、執拗に薄紅の真珠を刺激する。こよりを結ぶような責めに乳首は硬く充血して、いやらしくコリコリに硬く尖った。

「うっ!!」

沙耶が激しく顎を突き上げてうめいたのは、雄太がピンッと指先で乳首を弾いたからだ。

腰だけは止まることなく、蠢かせている。湧き上がる愉悦に、そのピッチを上げていく。

白い裸体がブルブルと震え、膝に力が入らなくなったのか、ズルズルと頽《くずお》れそうになっている。

「あふううっ……。ねえ、もう一度キス……して」

つんと尖らせた唇があえかに開いたまま、雄太の同じ器官を求めている。潤んだ大きな瞳も「ねえ」と訴えていた。

べったりと唇を重ねあわせ、互いの唾液を交換すると、雄太は沙耶から離れた。怒張の先端が、ねっとりと愛液の糸を引いた。

「あぁんっ、ダメっ、切ないっ」

互いの性器が泣き別れるのを、あのアイスドールが拒むのだ。

後輩である雄太を追い、すぐさま繋《つな》がろうとする彼女を再び仰向けにさせて、正常位で挿入しなおす。

「あはぁっ！」

分身を深いところまで埋め込んでも、なおも胎内に導こうと蠢く肉襞。雄太の過敏な粘膜に、蜜壺のぬくもりが沁み込んでくる。

「あうぅっ……い、いいっ、雄太くん。す……すごくいいのぉ～っ」

おとこに媚びるような口調で、雄太を煽る。唇をわななかせ、睫毛を震わせた扇情的表情も生唾モノだ。

雄太は深々と貫いたまま、体重を前にかけた。付け根部分を擦らせるように捏ね回し、沙耶のクリトリスを刺激した。

「あっ……あぁっ……イク、またイクっ!!」

快楽の波に、全身を弄ばれている沙耶。雄太は、艶やかな尻たぶを両手で掴み、ぐいっと大きく持ち上げた。虚空にばたつく美脚を、ひょいと両肩に担ぎ上げ、そのまま前方に体重を移動する。

くびれた腰のあたりから女体を二つに折って、自由になった腰を様々な角度から突き入れる。

「ううぅぅ……さ、沙耶さん！　超気持ちいいっ。沙耶さんのなか最高だぁ！」

雄太は、感極まって叫んだ。どすんどすんと女陰に打ち下ろし、全身がばらばらになりそうな快感に酔い痴れる。

「くふっ！　いいわ雄太くん。もっと動かして。好きなだけかき回してぇ〜っ」

苦しい体勢に組み敷かれているはずなのに、沙耶はもっともっとと求めてくれる。ぎゅっと拳を握りしめ、蜜壺への出入りをしっかりと受け止めてくれている。

「うぐぐぐ……も、もう、たまらない。僕、二度目が射精《で》ちゃいそう」

雄太は、うめくようにもらした。

「いっ、いいわ。イッて……沙耶はもうイキ通しだから……。ねえ一緒に！」

アイスドールの仮面を脱ぎ捨て、日ごろの慎みを忘れ、雄太の精を待ちわびている。折り曲げられている細腰を淫猥に振って、射精を促してさえいるのだ。

ノーブルな印象ばかり先立つ沙耶が、牝を晒すのは信じられない想いがした。これが成熟した女性の性欲なのだろうか。雄太は、粟立《あわだ》つような興奮を覚えながら、こくりと小さくうなずいた。

「い、いいのですね。二度目の中出し……。イクよ、沙耶さん」

「きて……出していいわ……沙耶のなかで」

雄太は前傾姿勢を正常位に戻し、艶やかな太ももを両脇に抱え、これでもかこれでもかと楔《くさび》を打ち込んだ。

白い喉を天に晒し、沙耶は頭を揺さぶって陶酔の極致を彷徨《さまよ》っている。ぐん、ぐん、リズミカルに突きまくる雄太の動きにあわせ、むっくりとせり出した鳩胸も上下に踊る。

整った美貌がよがり崩れ、官能に追いつめられた表情に変わっていく。吐息もはあはあっと火のように熱い。

「あううっ、感じすぎちゃう……ねえ、すごい……来て、沙耶、また！」

繰り返し絶頂の坩堝《るつぼ》で焼かれ、セクシーにイキまくる。

「あああああ……イクっ！　イクぅぅぅっ！」

痺れるような予兆に雄太は、猛然と腰を振った。皺袋が発火したように熱くなり、マグマを噴出させるエネルギーが堰《せき》を切った。

「射精《だ》しますよ……僕もイク!!」

高く掲げられた沙耶の腰部を指が食い込むほどがっちりと摑み、ぐぐっと膨張した肉傘を深部に押し込んだ。

「うがあぁぁ〜っ！」

吠えると同時に、灼熱の飛沫を沙耶の子宮にまき散らす。

「はうぅぅぅン！」

艶肌煌めく裸身がガクガクッと痙攣し、断末魔の叫びをあげた。

「ぐふう、おふうぅっ!!」

荒く息を吐きだして、体液を一滴残らず絞り出す。

悦びに痙攣する蜜壺は、咥え込んでいた力をふいに解いて膨らみ、ごくごくと精を受けていった。

凄まじいばかりの絶頂の波に弄ばれ、沙耶はすすり啼いている。

（なんて淫らで、なんて美しいイキ顔。二度とこの表情を忘れるものか……）

雄太は、うっとりと滑らかな頬を指の背で撫でながら、その昇りつめた表情を脳裏に刻んだ。

第五章　濡れて悶える社内アイドル

1

間もなく三十路《みそじ》を迎えるというのに、沙耶の絹肌はピンと張っている。

美しい鳩胸は、じっとりと汗に滲んでいた。充実した肉丘の表面を、透明な滴がつつーっと滑っていく。

雄太の手の中で、沙耶の乳房は震えている。二人を照らす会議室の灯りが、やわらかなふくらみを艶やかに青白く輝かせている。

「おふぅ……」

熱く契《ちぎ》りあった果て、悦び冷めやらぬ沙耶が、うっとり雄太の唇を舐め回している。

勃起は、女陰に突き立てられたままだ。立位《りつい》で繋がり、つい今しがた放出したばかりだった。にもかかわらず分身は、硬度を解いていない。

時間設定により動き始めたエアコンの低い唸りが、沙耶の激しい息遣いとシンクロしている。

「出し足りないです……。もっと、もっと沙耶さんの胎内《なか》に……」

早朝の社内での交わりは、興奮の度合いは高いが、一方で、どうしても気忙《きぜわ》しくなる。それ故に心ゆくまでの射精ができない。さらには、相変わらず記憶を取り戻せないことがストレスになっているのか、出しても出しても欲求不満が募るのだ。

あれからほぼ毎日のように、互いの部屋で肉体を求めあっている。それだけでは飽き足らず、こうして人目を忍ぶようにして社内でも交わっていた。

（肉に溺れるって、こういうことを言うんだろうなあ……）

肉欲が募るのは、精神が安定を求めている証かもしれない。

実は、こんな状態にあるのは、沙耶とばかりではない。上司である桑野志乃とも同じように肉交を繰り返している。

しかも、どうやら二人は、はっきりと口にしないが、お互いの存在を察している気配だ。その上で、競い合うように奔放に、昼夜場所を問わず、求めに応じてくれるのだった。

「あん。でも、もう時間だわ。そろそろ誰か来ちゃうっ」

ぼーっと淫情に煙る瞳が、耳元で囁いた。会議室の向こう側に人の気配はない。もちろん、あれば大変なことになることは疑いようがない。

この時間、早朝会議でもない限り、このフロアの会議室に人が訪れる心配はまずない。それをいいことに、二人はよくここでまぐわっている。

「もう、そんな時間ですか？　もう一回くらいならできるでしょう？」

言いながら雄太は、腰を前後に揺さぶりはじめる。

「あ、だめっ、いま動かれたら立っていられな……ふああ……ああんっ」

ガクンガクンと膝が頽れそうになる女体を、雄太はその丸いヒップを抱きかかえるようにして支えた。

「ダメと言いながら、ちゃんと反応してくれるのですね。やっぱり沙耶さんって、スケベだ」

小さな耳に吹き込むように囁いた。その蠱毒《こどく》が回ったのか、ゴージャスボディが悩ましく身悶える。

「ああ、ダメよっ、あ、あああ……っ」

社内で上げるには、大き過ぎる嬌声に、雄太は慌てて、自らの口腔でその朱唇を塞いだ。

「ふぐううううっ……ふむん……。ぬふうううううっ」

ハーフと見紛うばかりの美貌が、みるみるうちに赤く染まっていく。アップにまとめた栗色の髪がひと房ほつれ、汗ばむ頬に張り付いている。

セクシーすぎる嬌態に、雄太は腰振りを止められない。

ぐりぐりと捏ねあげると、たまらないとばかりにヒップが踊った。度重なる求めに応じているうちに沙耶の女体は、敏感すぎるほど敏感になっているらしく、軽く二、三度擦るだけで、初期絶頂を迎えるようになっている。まして、今は既に何度も気をやっている後だから、容易《たやす》く昇りつめるのも不思議はなかった。

「ぐおおおっ、そんなに締め付けないで、沙耶さん。僕もイキそうだぁ」

性感覚がバカになったようなペニスでも、狭隘な締め付けにあっては、堪えきれない。

急速に、頭の中がやるせない射精衝動に覆われていく。その一方で、思い出されるのは、あの夢の中の女性。寝物語に沙耶と語ったところでは、彼女もまた雄太の恋人ではないらしい。けれど、二人は終わった関係でもないらしいのだ。

「それなら二人の関係って？」

そう尋ねても、「いつかきっと、その答えは見つかるわ」と、質問を打ち切られている。

けれど、その時の沙耶の顔は、ノーブルな美貌にいつものアイスドールを張り付けた表情と異なり、慈愛に満ちたナイチンゲールのようなものだった。

なんとなくその対応が、志乃と同じ性質のものであることに気づき、雄太はそれ以上の質問を止めていた。

（まあ、それも、だんだんどうでも良いことのように思えてきたなあ……）

目の前の沙耶がとても愛おしく、心から彼女を求めていると自分でも思う。調子が良いようだが、志乃を抱いている時にも至高の愛を確かめ合うことができる。だから、それでいいではないかと思えるのだ。

「ぐふううっ、射精《だ》すよ。ああ、射精《で》るっ！　沙耶さんん〜っ！」

これほどの美人に種付けできるのだから、なんの文句があろうか。これ以上何かを求めること自体、贅沢というものだ。

ぶるんと勃起を奮《ふる》い立たせ、魅惑の媚肉にびゅびゅっと白濁を吐き出させる。

「愛しています……。愛しているよ、沙耶さん！」

いつ戻るかも知れない記憶にこだわっても仕方がない。もし、このまま十年も二十年もこの状態が続くならば、過去の想いよりも現在の気持ちに従うべきではないか。のり子、めぐみ、志乃、沙耶と本来記憶にあるべき女性遍歴を追体験できている。ならば、失われた記憶と何が違うのか。むしろ別れた苦い記憶がない分、今の方がしあわせと言えるかもしれないのだ。

現在に順応しようとしてか、雄太の考えは、少しずつそんな風に変わりはじめていた。

2

元来が明るい性格だったのか、志乃と沙耶のお蔭もあってか、雄太は前向きに仕事をこなしている。新たなプロジェクトにも加わり、着実に結果も出はじめた。

「私生活が充実してくると、仕事もはかどるって言うけど、本当だなあ。それもこれも志乃さんや沙耶さんのお蔭《かげ》だ……」

我ながら少し調子に乗り過ぎではあるが、それでも下降気味よりはマシに決まっている。

「さてと、今夜は志乃さんは接待だったっけ。沙耶さんも残業って言っていたから、久しぶりに個人活動かぁ？」

お気楽に独り言を述べながら、雄太は給湯室に向かった。

食品会社の特権か、お茶やコーヒーなどはタダで呑み放題。しかも、試供品やら何やらで茶菓子にも困らない。場合によっては、一食浮くようなサンプルが提供されることも稀《まれ》ではない。そういったものが並べられるのが給湯室であり、コーヒーでも飲みがてら、あわよくばそういった食品にありつこうと考えたのだ。

終業時間には、まだ早いが、お宝の確保には夕刻近くのこれくらいの時間に限る。

「へへへっ、本日のお宝は何かなあ……」

食品会社ならではの広さを持つ給湯室は、独立した部屋となっている。

「男性社員はいりま〜す」

給湯室に入るには、そう口上を呼ばわり、ノックをしてからドアを開けることが風習だ。

ここに女子社員がたむろすることが多く、彼女たちの聖域となっているからだろう。実際、男性社員には、ここに出入りすることに気後れしているものも少なくない。

逆に雄太は、どことなくウキウキした気分で、鉄製のドアを開けた。そこには独りの女子社員が、こちらに背を向ける形で流しに向かっていた。その姿を見つけた途端、雄太の鼻の下はだらしなく伸びた。

（お～っ。やっぱり、佳奈さん、ここにいたぁ～！）

さっき、佳奈が席に着いていないことを確認していた雄太は、ここに彼女の姿があるものとあたりを付けていたのだ。

特に、彼女とのコミュニケーションを望んだわけではないが、もしかしてとの密かな期待を持たぬわけでもない。志乃や沙耶という存在がありながら自分でも呆れるが、そんな妄想を抱いてしまうほど、彼女がカワイイことは確かなのだ。

しかし、雄太の伸びきった鼻の下は、途中でびくんと強張った。

（えっ、佳奈さん、泣いていた……？）

シンクの汚れ物を片付けながらも、振り返った彼女の瞳に、光るものがあるのを認めたからだ。

雄太を見とめ、あわててこちらに背を向け、眦をハンカチで拭《ぬぐ》う佳奈だったが、間違いなくそれは涙であろう。

人目を忍んで泣いていたらしい飛びきりの美女に、雄太は半ばうろたえ、半ば呆然として、立ち尽くすしかなかった。

（や、やっぱり、涙だよな……。ど、どうしたのだろう……？）

子供でもあるまいし、どこか痛いわけでもなかろう。となれば、嫌なことでもあったに違いない。そう思うと、社内のお局様《つぼね》の顔が脳裏に浮かんだ。何かにつれ彼女が、佳奈を目の敵《かたき》にしていると耳にしていたからだ。

（あのお局め！　佳奈さんが可愛いからって、いじめやがって！）

短絡的に雄太の頭の中で、その構図ができあがっている。

「ゆ、雄太くん。お疲れ様……」

再びこちらに向けられた佳奈の表情には、ぎこちない笑顔があった。そんな彼女に、雄太はどう声をかけるべきか、困惑するばかりだ。

「あ、あの、お疲れ様です……。コ、コーヒーでも、その……。ついでに食料を確保しに、その……」

ただただここを訪れた訳を、たどたどしく述べる雄太に、佳奈は小さく笑った。

まだ瞳の中に涙の滴《しずく》を浮かべて笑う彼女は、やけに儚くいじらしい。

胸元にふわりと降ろされているシャギーウェーブにカットされた髪が、わずかばかり赤味を帯びていることを、雄太はこの時初めて知った。

「だ、大丈夫ですか？」

ようやくその言葉を絞り出し、相変わらず雄太は立ち尽くした。

「うん。変なところ見られちゃったね。涙なんて……」

はにかむような、照れているようなその表情には、どこか清楚な色香も感じられた。

「気にすることなんかありません。お局様なんて、佳奈さんの可愛さに嫉妬して意地悪してるんですよ」

年下の自分の言葉が慰めになるだろうかと、疑問に思いながらも、雄太は声をかけずにはいられなかった。

「大丈夫です。佳奈さんは社内でも人気が高いし、課長や沙耶さんたちも、よくやっているって言っていましたよ」

「あら、雄太くんは課長たちと私の噂話をするの？」

眦に残る滴をそっと拭いながら、佳奈が軽く小首を傾げた。すでに表情はやわらかなものになっている。

「え、ああ、そうですね。いや、以前に何かの折に少しだけ……。でも、褒めていたのは本当ですよ」

つい口を滑らせ志乃や沙耶の名を出してしまったことに、雄太は冷や汗をかいた。

「うふっ。元気づけてくれてありがとう。でもね、一つだけ訂正しておくけど、相根《そね》さんにいじめられて泣いていたわけじゃないの。仕事でミスしたことが悔しくて……」

その佳奈のセリフに、外見の美しさに隠された気丈で凛とした内面に触れた気がした。さらには、社内のみんなが「お局様」と陰で呼んでいるのに、「相根さん」と折り目正しく呼ぶことにも好感を持った。

「そうなんですか。僕の早とちりでした。相根さんにも失礼でしたね。でも、このことを彼女に謝る訳にもいきませんねぇ……」

盆の窪をかいて雄太はおどけて見せた。

すると、彼女はくすくすと笑い、頷いてくれた。

「それはそう。かえって気を悪くさせちゃう」

彼女が笑うと気高く咲く蓮の花のようだ。

「えへへっ。やっぱり佳奈さんは、笑顔が一番です」

ニンマリと笑う雄太に、なぜか佳奈が薄っすらと頬を染めた。恥じらうような、照れているような、その清楚さがまたいい。そう思うと同時に、以前にも彼女のこんな笑顔を見ていたと脳裏に囁く声を聞いた。

(もしかして、佳奈さんと僕って……。佳奈さんこそが夢の中の彼女……？)

けれど、この件で度重なる早とちりを繰り返しているだけに、慎重にならざるを得ない。志乃と沙耶の存在も気になった。

「うん？」

そんなことを思い、急に真剣な眼差しで佳奈を見つめたものだから不審に思ったのだろう。「何か？」と問うように、再び佳奈が小首を傾げた。

「え、あ、いや。佳奈さん、カワイイなあって。佳奈さんの彼氏が羨ましいです」

「ふーん。雄太くんって、けっこうお上手なんだぁ……」

「お上手なんかじゃないです。できるなら佳奈さんのこと、誘ってみたいと思っていたくらいですから……」

彼氏の存在に関しては否定も肯定もしない佳奈に、雄太はちょっぴり引っかからぬでもないが、思い切って粉をかけた。

「あら、誘うって何に誘ってくれるの？」

まるで恋の駆け引きを愉しむように、佳奈は大人の対応をしてくれる。また彼女の意外な一面を見た気がして、雄太は少し驚いていた。けれど、それも決して嫌ではなく、むしろ佳奈の新しい魅力を発見したような気がしている。

「そうですねえ、そのうちメシでも一緒にどうです？」

「本当に？　そのうちっていつ？　私、社交辞令は嫌いよ」

大きな瞳を煌めかせ、そんなセリフを吐かれると、きゅんと胸を締め付けられるようなときめきを覚えた。

やはり佳奈こそが、追い求めていた夢の中の彼女ではと、気持ちが逸《はや》る。

「じゃあ、いきなりだけど今夜はどうです？　給料も出て、少し潤っていますから」

「今夜？　これからってこと？」

小首を傾げる彼女に、高鳴る心臓の音が聞こえてしまいそうで怖い。さすがに今夜はなかったかと、ちょっぴり後悔した。

「今日、私、あまりおめかししていないけど、それでもいい？」

身に着けているスーツの袖を引っ張るようにして、佳奈がはにかむように微笑んだ。まるで童女のような無垢な笑顔に、雄太は歓び勇んでぶんぶんと首を縦に振った。

3

いつの間にか木々は、すっかり夏モードの深緑に装《よそお》いを変えている。

もう七時を回っているのに、暮れなずむ街はウキウキと賑わっていた。

「待った？」

雄太を見つけて駆け寄ってきた佳奈は、息を切らし、胸を抑えて、そよ風のように笑った。美しい額は、うっすら汗ばんでいる。

上気させた頬が、まるで風呂上がりのように清潔な色香を漂わせていた。

「そんなに急がなくても、大丈夫だったのに……」

さすがに一緒に会社を出るのはまずいと判断し、時間と待ち合わせ場所を示し合わせた。待たせることが苦手な雄太は、少し早めに会社を抜け出している。

「だって、雄太くんは、いつも早めに……」

そこまで言って佳奈は、はっと口をつぐんだ。

「ってことは、以前から僕たち、こうして待ち合わせている？」

勢い込んで訊ねる雄太に、佳奈が腕を巻き付けてくる。

「いいから行きましょう。ここで話をするのも、どうかと思うし……」

確かに、駅前の喧噪《けんそう》の中で話し込むのもどうかと思う。やむなく雄太も、導かれる方角へ脚を踏み出した。

「い、行こうって、どこへです？」

「いいから着いてきて」

小柄な割に強い力で、腕を引っ張られる。

「あの、佳奈さん、さっきの話の続きですけど……」

どうしても気になる雄太は、恐る恐る口火を切った。

「そうよ。雄太くんと私は、よくこうして外で会っていたの」

躊躇うような風情で、佳奈は口を開いた。その答えに、佳奈こそが自分の恋人かも知れないと大きな期待を抱いた。

「でも、だったらどうして、もっと早くそう言ってくれなかったのです？」

「だって、それは……」

口ごもると共に佳奈は、急にその場に立ち止った。

「自然に雄太くんに思い出してほしかったから……」

憂いを秘めた眼差しに、雄太は思わず息を呑んだ。キラキラと光る瞳の中に、うるうると涙の滴がたまっていたからだ。

もしかすると佳奈は、恋人である自分の存在を忘れられ傷ついていたのかもしれない。だからこそ、ただひたすら一途《いちず》に雄太が自然に記憶を取り戻すのを待ってくれていたのかもしれない。たとえ自ら恋人として名乗らないことで、雄太が記憶を取り戻すことが遅れたとしても。

（それが、おんなのプライドなのかも……）

女心とは、かくも扱い難《がた》く、かくも可愛らしいものかと、雄太は妙な感動を覚えた。

「無理をせず、自然に思い出してほしい……」

思えば、志乃も沙耶も同じことを言っていた。その心情がようやく理解できた気がする。

「僕のこと、見守ってくれていたのですね……」

佳奈とよく視線がぶつかることを思い出し、それにも合点がいった。途端に、心の中に暖かいものが流れ、鼻の奥の方が少しツンとした。

「佳奈さん。僕、今、無性に佳奈さんが欲しいです」

感動している雄太は、頭と口が直結した状態となり、思いのままを口にした。

「いや、その。ただHしたいっていうより、思い切り愛したくて……」

その言葉に佳奈は耳まで赤くさせている。

(こんな求愛の仕方じゃだめかな？　都合よすぎるかなぁ？)

応じてくれるか不安だったが、ウソ偽りのない正直な気持ちである。

しばしの沈黙の後、佳奈が再び歩きはじめた。雄太の腕をさらに強く引っ張り、ずんずんと歩くのだ。

「え、あの、佳奈さん？」

少しつんのめりそうになりながら、雄太は導かれるまま彼女に従った。

どれくらい歩いただろう。繁華街のはずれに来て、やがて、その足が一軒のビルの前で止まった。

見覚えのある建物に、雄太は思わず息を呑んだ。

（こ、ここって……）

そこは以前、めぐみに連れてこられたシティホテルだ。

恐らく雄太は、かつてめぐみと利用していたホテルに、佳奈も誘っていたのだろう。

（うわ、やばっ！）

めぐみと別れて後、ここを利用していたことに問題はない（はず）だが、記憶を失ってすぐにここを彼女と訪れていることが問題だった。

自らのいい加減さを目の当たりにする思いだが、「別のホテルで」とも言い出し難く、やむなく雄太は、エントランスをくぐった。

4

「うわぁ、眺めのいい部屋ね……」

スイートルームとまではいかないまでも、少し高めのダブルの部屋を雄太は取った。

痛い出費だったが、それがせめてもの罪滅ぼしと思ったからだ。

「せっかくですから」と答え、心中で「ごめんなさい」と謝る。

雄太のスーツを受け取りハンガーにかけ、自らも上着を脱いでと、甲斐甲斐しく佳奈は働いている。そんな彼女をおもむろに背後から抱きしめた。

細身に見えて、おんならしい肉感は十分以上にある。

びくんと女体が震えたのは、少し緊張しているのだろうか。

「佳奈さん……」

「さんづけはやめて……」

蚊の鳴くような声で、佳奈が囁いた。耳が真っ赤なのは、やはり恥じらっているからだ。

（僕たち、どれくらい付き合っているのだろう……）

訊いてみようかと思ったが、やめた。彼女が言う通り、自然に思い出したいと願ったからだ。

代りに、痩身の前で交差させた腕を、さらに強くぎゅっと引き寄せた。

「佳奈っ！」

その名を口にすると、熱い衝動がマグマのように込み上げる。

「ねえ、待って。シャワーくらい浴びさせて……。私、汗をかいているから……」

彼女が言う通り、白い首筋が汗ばんでいる。けれどその匂いは、決して不快なものではない。バラをベースにしたフレグランスと甘酸っぱい体臭が入り混じり、悩ましさすら漂わせていた。

「じゃあ、一緒にお風呂、入ってくれます？」

彼女の肩越しに、その表情を覗き込む。はにかむような表情は、けれど、こくりと頷いた。

「お湯、入れてくる……」

雄太の腕を風のように抜け出し、佳奈はバスルームへと消えた。

すぐに、どどどっと、浴槽にお湯を張る音が聞こえてくる。

待つことしばし、顔だけがひょいとバスルームから覗く。

「準備できたよ」

焦れていた雄太は、さっそくとばかりに自らの服を脱ぎ捨て、そちらへと向かった。

「か、佳奈ぁ〜っ！」

そこで目の当たりにした彼女のしどけない姿に、思わず感嘆の声をあげた。

もわりと湧き立つ湯煙の中、いつの間に準備したのか、佳奈は既にその服を脱いでいて、裸身にバスタオルを巻き付けた悩ましい姿でいるのだ。

シャワーを浴びるのだから、結局、裸になるはず。にもかかわらず、バスタオルで隠そうとする乙女心が、雄太の心をどうしようもなく鷲掴んだ。

（カ、カワイイっ！　かわいすぎる!!）

つやつやのデコルテラインと、美味しそうな下肢を惜しげもなく晒し、シャギーヘアーはタオルに包んでいる。

まるで純白のボディコンを纏う天使。もちろん清楚な色気もあますところなく放たれている。

「佳奈、きれいだぁ!!」

目の毒なほどの愛らしさに、一気に下腹部に血液が集まった。

前すら隠していない雄太の分身に、またしても彼女の頬が赤らむ。いかにも恥ずかしいといった風情ながら、くりくりとしたその目はちらちらと肉塊を覗き見ていた。

その視線が、二人は既に他人ではないと、実感させてくれる。こんなに短時間で雄太の求めに応じてくれたのも、そういう関係があってこそだろう。

思えば、のり子に始まり、めぐみ、志乃、沙耶、そして目の前の佳奈と、全てが都合よくトントン拍子に運んだのも、かつて肌を交わした男女であればこそ。その気安さが、彼女たちのハードルを下げ、誘惑をしてくれたり、すぐに誘いに乗ってくれたりしたのかも知れない。

「もう、バカぁ。恥ずかしいからそんなに見ないで……」

「そんなに恥ずかしがることないじゃないですか。僕に記憶がないだけで、佳奈とはこういう関係だったのでしょう？」

猛《たけ》り立つ肉塊をずるんと手でしごき、バスルームの中へと足を運んだ。

比較的高価な部屋を選んだだけあって、浴槽の他に洗い場が設けられた広めの造りになっている。

後ろ手に雄太が扉を閉めるのを見た佳奈が、くるりと背を向け、シャワーの栓を回した。

換気が働いて薄まりかけていた湯煙が再び煙り、眩いバスタオル姿を隠していく。

「ねえ、これ、濡れちゃいますよ。取っちゃいましょうよ」

雄太はバスタオルの裾を親指と人差し指でつまみ、つんつんと引っ張った。

「もう、雄太のエッチぃ……」

タオル地のボディコンが悩ましくくねった。白いうなじまでが、ピンクに上気している。

「いいよ。脱がせても……」

妖しい色香を載せた瞳が、こちらに向けられた。図らずも、ドキリとさせられる愁眉。急に彼女が自分よりも年上であると思い知った。

ごくりと生唾を呑み、雄太は白いバスタオルに手を伸ばした。

内側に折り込んだだけの結び目は、少し触れただけで簡単に解ける。

儚くもバスタオルが、掌の獲物となり、佳奈の裸身が露わとなった。

「あんっ……」

彼女は短い悲鳴をあげ、手で胸元と下腹部を隠そうとしたものの、結局そのままでいてくれた。

乳白色の裸身が、立ち込める湯気に幻想的に映《は》える。

小柄ではあったが、バランスよく均整がとれたボディ。痩身ではあっても、貧相に感じないのは、想像以上にボン、キュッ、ボンと悩ましいラインを描いているからだ。

（どうしてあんなに細身なのに、おっぱいだけボンと突き出ているのだろう……）

大きさだけで言うのなら、今までの女性たちの中で一番小さいかもしれない。けれど、腰部がぎゅんとくびれているため、決して小さいと感じさせない。

重力に逆らうように容《かたち》が崩れることなく、丸いふくらみが前に突き出ている。そのフォルムが少しだけ生硬な印象を抱かせるものの、その実ジューシーに熟れた果実であるに違いないのだ。

瑞々しい肌は、文字通りシャワーの水滴を弾いている。乳房の肌にハリが満ちている証だ。

「だから、恥ずかしいってばあ。もう、そんなにエッチだったかしら？」

頬をピンクに染めながら、佳奈がシャワーヘッドを雄太に向けた。

「熱《あ》ちぃっ！」

それほど熱くもなかったが、思わずそう声が出た。

「きゃあ、ごめんなさい。大丈夫？　火傷《やけど》した？」

驚いた佳奈が、あわててシャワーヘッドをずらし、お湯が当たった雄太の皮膚を心配そうに確かめる。

「大丈夫だよ。思わず声が出ただけで、それほど熱くなかったから」

正直に申告したが、曇った表情は変わらない。

「ああん、ここ赤くなってるう……。本当に、ごめんなさい」

胸板に赤く色づいた部分を見つけ、佳奈が申し訳なさそうに見上げてくる。

(うわああっ、佳奈の上目づかい。超カワイイっ！)

白魚のような手指が、胸板にあてがわれるその刺激が、くすぐったくも心地よい。

「だから大丈夫ですって……。それくらい唾でもつけておけば、すぐ治るよ」

そのセリフに何を思ったのか、佳奈は唇をきゅっと窄め、胸板に吸いついてきた。

ふっくらとやわらかな感触に、ぎゅいんと勃起の角度が上がる。

前に突き出たおっぱいが、お腹のあたりをくすぐるように触れている。クリームが塗ってあるような蕩けるツルスベ感と、ゴムまりのような弾力。それぞれは微かな刺激であっても、佳奈が触れるあちこちが一気に性感を粟立たせる。

「うおっ、もう我慢たまらない。か、佳奈ぁ～っ」

雄叫びをあげて、華奢な女体を抱きしめた。

首を無理に捻じ曲げ、彼女の耳元に舌を這わせる。

その白い背筋には手指を彷徨わせ、佳奈の性感を懸命に煽った。

抱き心地も悪くない。否、それどころか肉感的と思わせる肉体だ。それもこれもつくべき部分に肉がついている証だろう。

「あうん。ま、待って。もう少しだけ我慢して。身体を洗ってからって言ったでしょう……。ここではイヤっ。ねえ、お願い」

トランジスタグラマーが、つるんと腕をすり抜ける。もちろん、彼女の願いを雄太が聞き入れたからだ。けれど、限界まで膨れ上がった肉塊は、爆発寸前にまで焦れていた。

5

佳奈の裸身が、白いドレスを纏うように、ボディソープに覆われていく。その悩ましい姿を、雄太はお預けを食ったイヌ同然に、ひたすら視姦し続けるしかなかった。

「もう、しょうがないなあ。こんなにさせちゃって。辛そうで、見ていられない」

雄太が洗ってもらえる番になり、泡まみれにされても、ずっと硬度を保ったままの勃起を伏し目がちに見つめながら、溜息するように佳奈が囁いた。

「え、か、佳奈？」

ボディソープをたっぷりと纏わせた手指が、ふいに肉塊に絡みついた。

「ぐふっ、おううっぷ……。か、佳奈ぁ～ん」

情けない自分の声が、バスルームに響く。けれど、あまりの気持ちよさに、それを遮ることはできなかった。

やわらかな親指が亀頭部をきゅきゅっと擦り、酸味を帯びた汚れを拭ってくれる。

肉幹に付着した分泌物は、親指と中指で輪を作り、しごくように削ぎ落とされた。

「ふむううっ、ほぐううううっ！　ダ、ダメだよ、佳奈っ、僕、気持よくなっちゃうっ！」

洗ってくれているのか、手淫してくれているのか、両膝をバスルームの床につき、甲斐甲斐しくも奉仕してくれる。

前かがみになった胸元が、さすがに紡錘形《ぼうすいけい》に容《かたち》を変えて、悩ましく揺れていた。

「いいんだよ。気持ちよくなっても。射精《だ》しても構わないからね」

愛らしい瞳が、上目づかいに告げてきた。その言葉通り、手指の蠢きも熱心さを増してくる。

付け根をむぎゅっと握りしめてくるかと思うと、ずるんと肉皮を滑らせ、さらにはカリ首を親指がなぞっていく。添えられていた左手も皺袋に運ばれ、袋の縫い目あたりをくすぐるように刺激してくる。

顔に似合わぬ手練《てだれ》の技に、なす術《すべ》もなく雄太は快感の坩堝に落ちた。

「どうかなあ。佳奈のお擦り、気持ちいい？」

ボディソープによって清められているはずのペニスだったが、鈴口から多量の先走り汁が吹き出しているため、白い泡に粘つく糸が引く始末だ。

「気持ちいいよ。超気持ちいいっ！　背骨まで溶けちゃいそうだぁ」

焦らされていただけに勃起は、凄まじく敏感になっている。肉傘は今にも爆《は》ぜてしまいそうなほど膨らんでいた。

「うふふっ。そう？　それじゃあ、もっとサービスしちゃおうかなぁ……」

恐らくは彼女も興奮しているのだろう。上気させた頬が妖しいまでに色っぽい。

悪戯っぽく鼻に皺を寄せて笑った佳奈は、自らの胸元にシャワーソープを集め、二の腕でぎゅっと内側に肉を寄せた。

寄せ集められた遊離脂肪で、乳房がパンパンにふくらんでいる。できあがった谷間で、雄太の裏筋が擦られた。

「うわあああっ。パ、パイズリっ！」

クリーミーな肌心地は、ソープの泡と言うよりも佳奈の美肌だろう。そのたまらない感触に、腕や太ももに鳥肌が立った。

「ふーん。こういうのって、パイズリって言うんだ。私との思い出は忘れちゃっているくせに、そういう言葉は、ちゃんと覚えているんだね？」

まるで悋気を露わにするようなセリフ。若い佳奈だから、正直な物言いで自分のことを思い出してもらえない悔しさを口にするのだろう。

そのお仕置きとばかりに、ぷりぷりのおっぱいが、二度三度と屹立を擦っていく。

「ぐふううぅっ。やばい、やばいよっ……。佳奈っ、最高だぁっ！」

この快感を少しでも長く味わいたいと思う一方、どうやり過ごせばいいのか判らない。ただひたすら追い詰められて、気がつくともどかしいまでの射精衝動が重々しく分身を苛んでいた。

「雄太、もう少しでイッちゃいそうだね。ほら、我慢しないで、射精《だ》しちゃって！」

最早、恥じらいをかなぐり捨てた佳奈は、掌でふくらみを両サイドから圧迫し、肉柱をスライドさせている。ついには、谷間に隠れては出る亀頭部に、ぐっと顎を引いてふっくらとした唇を吸い付けさせるのだ。

「くふう、雄太の精子、吸い出してあげる……。ぶぢゅちゅるるっ！」

鈴口と朱唇が熱く口づけする様は、穢してはいけないものを穢しているようで、一種背徳的な悦びがぞくぞくと込み上げてくる。

どこで覚えたのか佳奈は、下乳にあてがった腕を上下させ、ふくらみを波打たせて快感を送り込んでくるのだ。

「ああ、ダメだっ。もう耐えられない。佳奈っ、射精《イ》くよ！　ああ、射精《で》るっ！」

こらえにこらえた官能が一気に堰を越え、尿道を駆け上がる。

このままでは佳奈の美貌に噴きかけてしまうと案じたが、それを避けることはできなかった。

「ぐああああっ！」

雄叫びと共に、腹筋を緩め、縛《いまし》めを解いた。

途端に、初弾が鈴口から飛び出した。

濃厚な白濁が、ふっくらとした朱唇に付着する。

ふんっと再び腹筋に力を込め、発射したばかりの勃起を跳ね上げ、二弾三弾を立て続けに放つ。

「あっ！」と、勃起から離れようとした美貌に次々と飛沫が散った。

6

ベッドに移動したふたりは、じゃれあうようにもつれあった。

カワイイタイプの佳奈だから、もっと恥ずかしがり屋かとも思っていたが、意外にもクスクスと笑いながらふざけている。そこには、男女の馴れが見え隠れした。

「僕ばかり気持ちよくなっているから。今度は、佳奈の番ですよ」

「あら、どうして？　私はもっと雄太を責めたい！」

胸板を軽く押されたかと思うと、背中を向けた彼女がお腹の上に跨った。

華奢な女体が雄太の腹筋に全体重を預け、前屈するように傅《かしず》く。

「佳奈が大きくしてあげるぅ……」

まだ萎えた状態のペニスを、なめらかな感触の右手に付け根部分から摑まえられる。

すぐにねっとりとした感触が、包皮を被ったままの亀頭部を襲った。

「うおっ！　か、佳奈っ!!」

先ほど味わった口腔内に、再び導かれたのだ。

生暖かくも湿潤な感触に、分身がむくむくと力を取り戻す。

甘勃《だ》ちしはじめた肉塊に、にちゅっちゅちゅちゅっと擦りつけるのが、あの愛らしいアヒル口と思うだけでも雄太の興奮はいや増した。

「ほうううっ！　か、佳奈ぁ～っ。いいよぉ、気持ちいいっ！」

佳奈は含んでいたペニスを一度吐き出し、突き出した唇で亀頭部を覆う肉皮をやさしく剝いてくれた。

「相変わらず、すぐに元気になるね。このおち×ちんが大好き！」

剝き出しになったカリ首に、舌先が絡みつく。根元を握りしめていた右手が、ずりずりと肉幹に沿って抽送をはじめる。

「ぐふううっ。すごく上手だぁ！」

口にはできないが、佳奈がこれほどまでに巧妙だなど、ちょっと想像がつかなかった。

アイドルも顔負けの清楚な童顔であるだけに、そのギャップは大きい。けれど、それは大胆に演じているだけで、恥じらいの裏返しであることも雄太は見抜いている。

「え、ああん、ゆ、雄太ぁ～っ！」

その仮面を剝《は》ぎ取ろうと、雄太はお腹の上に置き去りにされたままのお尻を手中に収めた。剝き玉子のような尻肌を、ねっとりと撫で回す。

驚いたお尻がくんと持ち上がり、ふるんと震えた。

きゅっとお尻の筋肉が緊張し、愛らしいえくぼを作る。それこそが羞恥の証しであり、背伸びをしていた証拠でもある。それがはっきりと掌からも伝わってくるため、愛おしさが増幅するのだ。

「うわああ、すごい反発……指が弾かれます！」

天使の手で、左右から持ち上げられているような尻たぶも、ハリのあるぴちぴちお肌のなせる技。けれど、いくらむぎゅっと指をめり込ませても、まだ埋まり込んでいくような奥深い柔らかさを兼ね備えている。

「佳奈のお尻、触っているだけでも愉しいっ！」

鷲掴んでは、弾けさせ、心地良く手指性感を刺激してくれる尻たぶの感触を心ゆくまで味わった。

「あふん……くふう……お尻が熱くなっちゃうぅ……ひうっ…はあぁん」

ふるるんと掌で揺れる尻肉をくしゃくしゃに揉みしだき、左右に割って菊座を広げさせると、好き勝手に美臀を変形させた。

「やあぁん、そんな揉みくちゃにしないでぇ……」

くんと腰が浮いた隙を狙い、雄太は中指と薬指を束ね、下腹部を鉤状に抉った。

縦に刻まれた淫裂が、くぷっと指先に圧迫され、左右に割れた。そのできあがった隙間に、さらに二本の指を食い込ませる。

「はっ！　あ、ゆ、指ぃっ……。くふっ、むう、ふむうううううっ」

手首を捏ねるように返し、膣中を攪拌してやる。

見る見るうちに熱いジュースが、掌底に溜まっていく。彼女は、汁気の多い体質らしい。

「ぐほっ！　そ、そんなにしたらダメですよぉっ！」

お返しとばかりに、佳奈の右手もスナップを利かせたスライドを繰り出してくる。

漏れ出す喘ぎを抑えようとするものか、勃起を再び咥え、鈴口に舌先を抉らせた。

「むほんっ！　ああ、だめええっ、佳奈のおま×こ、舐めちゃダメぇっ」

女体を載せたまま腹筋の力だけで上体を持ち上げ、佳奈の太ももの付け根に両手を回し、ぐぐっと持ち上げたかと思うと、おもむろに女陰に口唇を付けたのだった。

潰したいちごにハチミツをかけたような甘酸っぱい匂い。男を牡獣と化身させる魔法の如きフェロモン臭が、どどっと口腔に押し寄せた。

「くひいいっ、ああん、ナメナメしちゃいやぁ、バカぁ、感じちゃうじゃないっ」

前のめりに傅いた頭が、力なく左右に揺れる。シャギーカットが、太ももを繊細にくすぐるのが心地よかった。

もっと佳奈を啼かせたくて、雄太は両腕を太ももの付け根に引っかけるようにして、女体を逆さづりにした。彼女の腰の裏に腕を回し、顎の真下に来た蜜壷を窄めた口唇で抉る。

じゅるるるっ、ぢゅちゅっ、ぢゅびずっずっずずずっ——。

力強く吸いつけ、ヴァギナ汁をぐびぐびと呑んだ。

「あ、あ、ああっ！　そんなに吸うなぁっ、ひっ！　ダメ、何かが出ちゃうっ！」

美貌を真っ赤にして喘ぐ佳奈。アクロバティックな苦しい体勢でも、雄太の勃起から手を離さない。むぎゅっとやわらかく握りしめ、快感を送り込んでくる。

「佳奈が欲しいっ！　入れてもいい？」

すっかり屹立した肉塊を、目の前で蠢く熱い坩堝に漬け込みたくて、雄太は求愛した。

「佳奈も雄太が欲しいっ！　おち×ちん挿入《い》《れ》てぇっ」

やさしく女体をもとの位置に戻し、雄太は聞いた。

「どんなふうに愛されたい？　僕はいつも佳奈をどういうふうに愛していたの？」

「バックから獣のように……。そして正面から紳士のようにやさしく……」

そよ風のように佳奈が囁いた。

「では、お望みの通りに。お嬢様……」

佳奈がその肢体を雄太の腹部から退《ひ》いていく。

牝豹《めひょう》のように四つん這いになり、ベッドの頭側にあるヘッドボードに両手をついた。

生尻をくんと再び持ち上げ、「ここに挿入て！」とばかりに誘うのだ。

「佳奈さんっ！」

ごくりと生唾を呑みながら、にじりよる雄太。悩ましくくびれた腰部を両掌に捕まえる。

白い背筋がビクンと震えたのは、交合を悦ぶものか、はたまた緊張によるものなのか。確かめるすべもなく雄太は、サーモンピンクに色づく淫裂をめがけ、腰部をずいと突きだした。

「はうっ！」

白い背筋が、ぎゅんっと仰け反った。

狭隘な肉の狭間《はざま》に、亀頭部がめり込んでいる。

「狭いのですね……。痛くありませんか？」

ガラス細工のような華奢な女体だけに、やさしい気遣いは必要だ。しかも、童顔の彼女だけに、どうしても美少女を穢しているような気分にもなる。

「大丈夫っ！　ちゃんと奥まで、挿入《はい》ってきて……」

細く息を吐きだすように、佳奈が囁いた。首だけを曲げ、流し目を送ってくる。

大きな瞳が細められ、長い睫毛が小さく震えている。送られた愁眉《しゅうび》のぞくりとするほどの色っぽさに、雄太は勇気づけられた。

「そうですか？　それじゃあ、奥まで……」

慎重に腰を送り、ずぢゅぶぶぶっと肉塊を埋めていく。複雑にうねくる膣道だったが、柔軟性に富んでいるのか、意外なほど抵抗なく呑み込んでくれる。

「ああ、雄太のおち×ちんで佳奈のお腹がいっぱい」

マシュマロのような尻たぶに、雄太の腰部が到達している。

大き目の分身を痩身の佳奈がすべて受け入れてくれるのは、なんだか無理をさせているようで、やはり申し訳ない気持ちがする。

そんな雄太の気兼ねを、彼女はたった一言で吹き払ってくれた。

「ああ、しあわせ……」

まるで温泉にでも浸かり、ホッとしているかのような、ぽそりと漏らした一言。救われたような気分と、癒されたような心持ちに包まれ、彼女を愛しく思う気持ちが一気に沸騰した。

「僕もしあわせです。佳奈っ」

体を前傾させて、小さな耳のすぐそばで甘く囁いた。直後に女体が、がくがくっと痙攣をはじめる。雄太の本音が、佳奈の多幸感を増幅させ、早くも初期絶頂に到達したらしい。抱きしめられただけでも、おんなはイクことができると聞いたが、今の佳奈がまさしくそのような状況なのだろう。

「ひう〜っ、ど、どうしよう……。おち×ちんがお腹の中にあるだけで、イッてしまう……。しあわせすぎて、我慢できないぃ〜っ！」

勃起を咥えたままヴァギナを芳醇《ほうじゅん》に潤わせ、うねうねと蠕動を繰り返す。肩越しに童顔を覗くと、朱唇をわななかせ、頰を強張らせている。

もちろん雄太にも、もの凄い官能が押し寄せている。ベルベットのような肉襞にやわらかく喰い締められ、律動もしていないのに擦れるような感覚が起きているのだから無理もない。それは一度放出していなければ、あっという間に追い詰められていたかもしれないほどの快感だった。

「動かしてもいいですか？　かつての僕は獣のようにバックから責めたのでしたよね？」

この状態で抽送を加えるとどうなるのだろうか。躊躇いもあったが、カワイイ佳奈をめちゃくちゃにしたい衝動もあった。

「い、いいよ。じゃないと、雄太も気持ちよくなれないものね……」

健気《けなげ》なセリフに、雄太の中の野獣がいななないた。湧き上がる愛しさのまま、腰部をごりんと捏ね回す。

アクメを迎え、受精を望む子宮が下がっていたのだろう。ぶちゅっと鈴口と子宮口が熱く口づけをしたまま、ごりごりっと擦りあった。

「つくふううううううううっ！」

手応えと相応の佳奈のエロ反応。立て続けに、昇りつめた女体は、艶めかしくピンクに色づいている。

ヘッドボードについていた手が、ずるりと落ちて、細身の上体がベッドに沈んだ。にゅぷんと勃起が勢いで抜け落ちる。

「あううう……っ」

完全にうつぶせ状態になった佳奈に両脚を逆Ｖ字に拡げさせ、上から覆いかぶさる。隙間から勃起を挿入させて、佳奈の太ももを閉じさせた。

「むほん、ほふううっ、さ、さっきと違うところがぁ……っ」

雄太は自らの内またに佳奈の太ももを挟み込み、脚を開かせないようにして、小刻みに抉る。

ぢゅぶちゅっ、ぢゅぢゅちゅっ、ぐぶちゅちゅっ――。

短いストロークを何度も繰り返しながら、ベッドと女体の間に掌をねじ込み、容《かたち》の良い乳房を揉み込んだ。

「んっ、くふう、はぁん、あん、ああん……」

ベッドに顔を押し付け、佳奈が舌足らずな喘ぎを漏らす。絶え間なく押し寄せる喜悦の波に、息も絶え絶えにさせている。

「ほら、今度は、もう少し激しく突いてあげますね！」

骨盤のあたりに手をあてがい、再びお尻だけをぐいっと持ち上げさせる。けれど、佳奈はもはや腕に力が入らないらしく、すぐに前のめりに潰れてしまう。構わず雄太は、高く掲げられた尻部に分身を埋め戻し、ぱんぱんぱんと勢いよく抜き挿しをはじめた。

「ううううっ、は、激しいっ。ああ、だめ、またイキそうっ！」

今度は片足を後ろに伸ばすように促すと、グイッと反らすようにさせて、そのまま肩に担ぎ上げた。もう一方の脚を跨ぐようにして、いわゆるつばめ返しの体位を整えた。女体が逃げないように、片手で佳奈の腕を摑んで引き寄せる。

「くうううん、ああ、なにこれ……。ああん、後ろから深く挿《さ》さってるぅ……」

たっぷりと後背位から責め立てた後、女体を裏返しにして正常位に組み敷いた。

「今度は正面から。ほら、僕のチ×ポが、出入りしているのが判るでしょう？」

浅いところで戯れるように腰を使う。膣内に収めたまま、ぐっと菊座を絞り、肉勃起を跳ね上げさせる。それでも贅肉のないお腹は、平らなままだ。この中に、雄太の太くて長い分身が刺さっているなど、とても信じられない。

「あうん……お腹の中で雄太が暴れてる……。赤ちゃんが胎内で動くのって、こんなふうかなぁ……。ああ、熱い、お腹が熱くて仕方がない……っ」

胎児のことを意識したせいで子宮が活性化したのか、またしても複雑な膣肉が蠢動した。媚肉がキュンと窄まり、たまらなく締めつけてくる。

「あううっ！　もうっ、佳奈ばかりがイカされてずるい！　雄太も気持ちよくなってくれている？」

はあ、はあと激しく息を吐きながら、淫情に満ちた瞳は涙に濡れ、頬は赤く上気しっぱなし。それでも健気にも雄太のことを気遣ってくれている。

「ねえ、もしかして佳奈の膣中《なか》、気持よくない？」

「そんなことありませんよ。さっき射精したばかりだし、我慢しているだけで……」

「じゃあ、イッて！　我慢していないで、中に出して!!」

あまりにカワイイ佳奈の求めに、雄太はこくりと頷いた。

「それじゃあ、佳奈のおま×こに出すね。佳奈も一緒にイクんだよ」

じりじりするような焦燥感にも苛まれ、雄太は抜け落ちるギリギリまで退かせると、一転ずぶずぶずぶんっと肉竿を強く押し込んだ。

「ふあああぁぁああああああっ！」

今度の突き入れには、遠慮がない。自らも絶頂を求め、一番気持ちの良い裏筋の根元まで、深々と抽送させているからだ。

「ひふうううっ……あ、ああん、すごいっ……ああ、いい〜っ！」

目元をつやつやのリンゴさながらに上気させ、可憐に雄太を見つめてくる。自分の一番カワイイ表情を知っているのだろうか。それでいてぱっちりした瞳は、潤み蕩けてほとんど焦点を失っている。ふっくら艶めく唇を半ば開かせながら、情感たっぷりによがり狂うのだ。

（うおおっ、佳奈、なんて、いやらしい顔をするんだ……）

魂を抜き取るような可憐なまでの妖艶さ。激しく胸を疼かせ、雄太は美貌に唇を寄せた。秀でた額、やさしい頬の稜線、ほっそりとした顎、いたるところに口づけする。

もちろん、腰だけはあわただしく振り、激しい抜き挿しを続けている。

「あっ、あんっ、ああっ……ん、んんっ、ふむうっ……はむんっ……んああっ」

抽送のたび、容《かたち》の良い乳房が、ぶるんぶるんと激しく踊りまくる。

「ああ、射精《だ》して、佳奈に雄太の子種を頂戴っ！」

ふしだらとも思える表現で、佳奈は雄太を促している。連続絶頂の大波に、瑞々しい肉体を浸し、息をすることさえ忘れて嗚咽している。

「ぬおおおッ！」

雄太は獣のような唸りをあげた。抜き挿しのピッチを上げ、膣内で勃起をさらに膨らませる。迫り来る射精衝動に、最早何も考えられない。

ぐいと背筋を撓《たわ》めた彼女も、何度目かの絶頂に到達したのかもしれない。甲高く呻きながら、肉のあちこちを引き攣《つ》らせている。

「うおっ、佳奈ぁあっ！　射精《で》るよ、射精るっ！　射精るぅっ！」

ぶばっと鈴口から熱い濁液を吐き出した。

体液はじゅわわわっと膣内いっぱいに広がり、襞の一枚一枚にまとわりつく。雄太の分身にも、ねとーっと粘りついた。

「ううぅっ……あうううううぅうううっ～!?」

胎内でびくんびくんと勃起を跳ね上げる。その動きは、射精してなお、おんなに歓びを与えている。その代償のように女陰は、急速に萎《しぼ》んでいく男性器を精いっぱいの愛情で包んでくれた。

ようやく放出を終えた雄太は、満足げな溜息と共に女体の横に転がった。

「ああ、零れる……」

こぽこぽと白濁液が、蜜壺から零れ出るのを知覚した佳奈が、惜しむように言った。

「またすぐに、注いであげるよ」

華奢な女体を抱き寄せると、うれしそうに太ももを絡めてくる。ちゅっと頬に口づけをくれる佳奈に、雄太は満足げに微笑んだ。

終章

1

「ここで気を失ったって聞いたけど……」

間もなく夕暮れ時を迎える公園を、独り雄太は見回した。

野球用のグラウンドやテニスコートの他にも、ブランコやジャングルジムといった遊具施設や芝生を張ったくつろぎのスペースがある。周囲を深い木々で囲われ、なかなかに大きな規模だ。

「散歩していて、後頭部に軟式ボールが当たって……」

状況を確かめに来たわけでもないのだが、なんとなく思い浮かべる。とは言うものの記憶が戻っているわけでもないので、あくまでも想像でしかない。

広い公園の敷地で、だいたいこの辺りと聞いただけで、実際の現場も定かではないのだ。

「まあ、ここに来たからって、記憶が戻るってものでもないかぁ」

七月の日差しは、じりじりときつく、ただ立っているだけで汗ばんでくる。

諦めて雄太は木陰のベンチに移動し、腰を落ち着けた。手にしていたミネラルウォーターのペットボトルを口に運ぶ。

「あの夢の女性って、結局誰なのだろう……」

ぬるくなった水で喉を潤し、また独り言を繰り返す。

さすがに頻度は減ったものの、未だにあの女性の夢を見ることがある。けれど、最近の雄太は、以前のような焦りやいらだちを感じなくなっている。過去を思い出せない不安にも、じょじょに慣れはじめた。

それもこれも志乃と沙耶、そして佳奈をはじめとする女性たちのお蔭だ。

「やっぱり、あの女性は僕の無意識が作り上げた理想像なのかなぁ」

志乃のようであり、沙耶にも似ている。佳奈のような部分もあり、のり子やめぐみのようにも感じられる。

とどのつまり、過去に自分が愛してきた女性たちの良い部分を繋ぎ合わせて、都合の良い理想像を作り上げ、その女性が夢の中に現れているのではないかと思うのだ。

「でも、どうしてそんな夢を頻繁《ひんぱん》に見るのだろう……」

答えの出ない問いを幾度も反芻《はんすう》する。考えても仕方がないことなのにと思いながらも、考えずにはいられない。

「いつまで記憶喪失が続くのかは判らないけど、このままでもいいか」

真剣に考えるでもなく、なんとなく口を突いた。

「うん。このままでもいいや」

そう口にすると、それが一番体から力が抜け、しっくりくる気がした。それよりも、今はもっと考えなければならないことがある。

記憶を失って以来、過去に愛した女性たちと、誘われるがまま、気持ちの赴《おもむ》くままに再び愛し合うことができた。そのこと自体はとても素敵なことで、しあわせなことだ。けれど、それだけでは済まない事態にもなりつつあった。

「僕は誰を一番愛していて、これからどうすればいいんだぁ？」

自ら招いた事態とはいえ、次々に都合よく関係を結び、「皆を愛している」では済まない。

人妻ののり子や外国留学を考えはじめているらしいめぐみのことは、まだ良いにしても、会社の上司や同僚である志乃、沙耶、佳奈の三人のことは真剣に考える必要がある。

雄太がこの公園を訪れたのも、そのことを改めて考えるつもりだったからだ。この公園こそが全てのはじまりで、今後を考えるのにぴったりの場所に思えたからだ。

「グラウンド・ゼロに立ってみれば、気持ちも定まるかと……」

けれど、それはやはり無理な相談であるらしい。

思いやりと慈愛に満ちた志乃の愛。不器用ながらも真剣な沙耶の愛。瑞々しいまでに新鮮な佳奈の愛。それらは比べられるはずもなく、しかもタイプは違えど三人が三人とも上に超がつくほどの美人なのだ。

「志乃さんのおっぱいが大好きだし。沙耶さんのお尻や脚も魅力的。佳奈のすべすべの肌も捨てがたい。ああ、僕はなんてしあわせ者だぁ……」

彼女たちと過ごす甘い時間を想像するだけで、目じりが下がるのを禁じ得ない。

「いやいや、不謹慎だ。まじめに愛について考えているのに。これからのこと、きちんと考えなくちゃ……」

けれど、余計な欲望や打算を排除しても、気持ちなど定まらないことを頭のどこかで判っていた。誰かを選んだ瞬間、後悔がはじまることが目に見えているからだ。

「そうなんだよなあ。志乃さんも、沙耶さんも愛している。もちろん佳奈のことも……。ああ、だけど、これって都合が良いだけだよなあ」

もしも自分に魔法が使えたなら、三人をひとりの女性にしてしまうかもしれない。自分勝手で、ひどい発想であると思うものの、そんな馬鹿な妄想を抱いてしまう。裏返しに、それほどまでに雄太のこの悩みは深いのだ。

「ん、まてよ、三人をひとりの女性にすると、もしかして……」

ふいに脳裏に浮かんだその肢体に、夢の女性が重なった。

「なんだ。やっぱり、そういうことかぁ！」

気がついた瞬間、夕暮れの公園に郷愁を誘うメロディが流れた。

アメリカ民謡の「峠の我が家」。「ああ我が家よ～」の歌詞で知られるあの曲だ。

そろそろ家路につく時間であると知らせる音楽が、雄太の琴線に触れ、ふいに頭の中の靄《もや》が晴れた。

夢の中の女性の正体が判ったこともきっかけの一つだったのだろう。ようやく雄太は記憶を取り戻した。

「思い出した！」

すっくとベンチから立ち上がり、雄太は自らの愛しい人のもとへ駆け出した。

2

「お帰りなさい。雄太くん……」

記憶を取り戻した雄太は、生まれ変わったような心持ちでいた。この気持ちを新たに、人にやさしくなりたいとも思っている。

「うん。志乃さん。ただいま」

なぜこの女性たちを愛し、なぜ別れることになったのか。新鮮な想いで追体験することで、その時には受け入れがたかった思いも浄化できている。

「雄太くん、お帰りなさい。待っていたわ」

その分だけ、男としての器も大きくなれた気がする。

「沙耶さん。お待たせしました」

ピュアにただ愛するだけだったころの自分。愛する痛みを知ったころの自分。愛を失う怖さを覚えた自分。それでも人を愛さずにいられない自分。記憶を失うことで、過去の大切さに気づき、もう一度自分を見つめ直すこともできた。

「雄太。本当に、遅かったね」

記憶を取り戻したことを連絡すると、さっそく志乃のマンションに集まってくれた三人。

人いきれと夏の気配が立ち込める部屋。落ち着いた空間に、スーツ姿ではない彼女たちが、大き目のソファーに仲良く腰かけていた。

「ごめんね佳奈。今、帰りました」

雄太の愛する彼女とは、志乃であり、沙耶であり、佳奈でもある。

記憶を失う前も、雄太は三人の間で悩んでいたのだ。

その心理的な負担が、軟式ボールが当たったくらいの事故で、記憶を失わせたのかもしれない。

どの彼女とも、しっくりいかなかったのは、雄太が理想の女性像を膨らませていたと同時に、愛する相手が一人ではなかったからだ。

彼女たちもまた、互いの存在を知っていて、その上で自然に雄太が思い出すまで待っていてくれたのだった。

「どうして、三人とも僕の彼女だと教えてくれなかったのです？」

しあわせそうな微笑をそれぞれに浮かべている三人に、雄太は尋ねた。

「必ず雄太くんは思い出してくれるって信じていたから……」

年長者の志乃が、慈愛の籠《こも》った眼差しで打ち明けた。

「心理的抑圧があるといけない。自然に思い出すのが一番と、お医者様に伺ったの……」

手際《てぎわ》の良い沙耶のことだから、早い段階で直接医者に意見を聞きに行ったのに違いない。

「でも、やっぱり私たちが治してあげたいじゃない。だから私たちと雄太くんがそう言う関係になった時と同じ体験をさせようって相談したの……」

接待帰りの志乃とオフィスで。社内の飲み会の後、沙耶の部屋で。佳奈を元気づけようとした時にホテルで。そう言えば、同じシチュエーションだった。

「それでも思い出せなかった僕に、ちょっと呆れたでしょう？」

「そんなことはないけれど、ちょっと焦ったわ」

「まさか、このままずっとってこともあるのかなぁって」

「結局以前と同じ関係を築けたから、それならそれで、いいかなって思いはじめていたところだけど……」

どうやら彼女たちも雄太と同じ結論に達していたらしい。過去の経験や記憶は大切だけれど、現在が一番大事。今この瞬間が充実していれば、過去にすがることもないのだと。

「でも、やっぱりほら、大切な想い出もあるから……」

志乃が恥ずかしそうに俯《うつむ》いたのは、明らかに性的なものを指して言っているからだろう。

「そうですね。やはり記憶はあった方がいいです。せっかく志乃さんが、どこが感じるのか熟知しているのですから……」

「ああ、課長の性感帯、佳奈も知りた〜い！」

うれしそうに佳奈が、隣に座る志乃の乳房に手を伸ばした。

華やかな初夏の装いの志乃のワンピースは生地が薄く、その分だけ肉感的な乳房がひしゃげる様子が生々しく見て取れる。

「きゃあ！　佳奈さん、な、なに？」

悲鳴を上げる志乃を他所《よそ》に、むにゅんむにゅんと豊かなふくらみを佳奈がまさぐる。

「課長の大きなおっぱい、うらやましすぎですぅ！　ほら、沙耶さんも参加しましょうよ！」

啞然としていた沙耶も佳奈に促され、思い切ったように、その美貌を志乃の首筋に近づけた。

「え、さ、沙耶さんまでなの？　あん、そこ、感じやすい……ダ、ダメよ……」

凛とした美人上司が、きゅっと眉根を寄せ、表情を悩ましく変えていく。おんな同士、どこが感じるのかは、知り尽くしている。それも二人の部下から同時に責められるのだから、禁忌の思いにも囚われ、余計に敏感になるのだろう。

「課長、もう感じているんですか？　カワイイです。もっと気持ちよくしてあげますから、じっとしていてくださいね」

一番年若く、しかも普段は決してそんな真似などしそうもない佳奈が、積極的に主導権を握っている。雄太にだけ見せてくれる一面を、珍しくみんなの前で披露しているのは、ハイになっている証だろう。

「ああん、だって雄太くんが見ているから……」

上司の仮面をかなぐり捨てて、志乃がマゾっ気を晒すのも佳奈と同様だ。

「いいじゃありませんか。こういうのも見てもらいましょうよ。雄太くんだって見たいはずです。ね、雄太くんっ」

アイスドールが興奮を隠せずにいる。みんな雄太の全快を祝ってくれている。その帰還を悦んでくれているのだ。

「はい。見たいです。課長がレズで乱れる姿……」

雄太はエビス顔で、首をぶんぶんと縦に振った。

一度おんな同士で慰め合う姿を、見たいと思っていたものの、まさか志乃や沙耶たちがレズる姿を目の当たりにできるとは思ってもみなかった。

ごくりと生唾を呑みながら、雄太は身を乗り出して、美女たちが絡みあう姿に魅入られた。

その熱い視姦に、志乃の瞳に諦めが宿った。その豊麗《ほうれい》な女体からも、観念するように力が抜けていく。

「うわ～。課長の身体、やわらかい～！」

美女たちが繰り広げる、めくるめく陶酔の瞬間に、雄太は血眼《ちまなこ》でその淫靡な世界を脳裏に焼き付けた。

3

三人がけのソファーの上、志乃を挟んで沙耶と佳奈が、その熟れた肉体を弄んでいる。

「やっぱり、課長きれいです……。どうすればこんなに若くいられるのですか？」

Sっ気に目覚めたのか、佳奈の大きな瞳がいつにもましてキラキラと輝いている。

「あうん。あふあぁ、佳奈さん、ダメよ。そんな、おんな同士なんて……ちょっと……ふむん……あ、待ってってば……」

志乃の唇をかすめ取るように、ちゅっちゅと吸い付ける佳奈。志乃の方は、同性の口づけに抵抗があるのか、しきりに抗《あらが》うような言葉を吐いている。

「うふふ、課長色っぽいです……。ふっくらと唇もやわらかい……ふむん……」

「課長、感じてください。憧れていた課長に、こんなことができるなんて……」

躊躇いがちに志乃の首筋に吸いついていた沙耶が、女上司の背中についたワンピースのファスナーを降ろしていく。その悩ましいボディラインを露わにさせようというのだろう。

「ふむう……ちゅちゅっ……うぶぶう……ほむん……ちゅちゅちゅちゅっ……」

おんな同士の薄い舌が、志乃の口腔で絡み合っている。

沙耶の掌が、志乃のショートカットを愛しげにかき回し、ワンピースからはだけた繊細な鎖骨に朱唇を吸いつけた。

「ふぬん……あふあ、はああ……そ、そんな、そこは……」

完熟の太ももをやわらかく撫で回す佳奈の手指が、ぐいっとさらに奥へと挿し込まれた。

ワンピースの裾がまくれ上がり、ベージュのストッキングが露出する。その股座《またぐら》を彼女の中指と薬指が、もぞもぞ蠢くのだ。

「あん。ダメ、そんなふうに脱がさないで……」

いつの間にか沙耶が、志乃のモカ色のブラジャーに手をかけている。うなじや背筋にキスの雨を降らせながら、ブラのホックを外そうとしていた。

プッと小さな音がした途端、大きなふくらみを覆っていたハーフカップがずれ落ち、ぶるんと迫力の乳房がまろび出た。

「うわあ、すごいおっぱい！」

佳奈が歓声を上げて、下腹部に手指を這わせたまま、右乳に吸いついた。

「本当にすごいのですね。それに肌もきれい……」

うっとりとした表情で、沙耶がもう一方の乳房に唇を寄せる。

「あうん……あはっ、あ、あぁぁ……」

二人ともいきなり乳首に取りつきはしない。広い乳丘に、ぶちゅっ、ちゅちゅっと口づけして、徐々に真ん中の薄紅の標的に近づくのだ。

「つく……はあ、ああ、雄太くん、助けてぇ……」

艶めかしく細められた切れ長の瞳が、うっとりと成り行きを見つめる雄太に向けられた。すでに官能にぬかるんだ瞳は、どぎまぎしてしまうほど色っぽい。

「雄太もこっちへ！　イカせるのを手伝って。課長がイクところ、見たいの!!」

志乃への対抗心を露わにした佳奈がしきりに誘ってくる。

雄太は、硬くしたズボンの前をぎゅっと鷲掴んだ。心地よい快感電流に打たれながら、おもむろに立ち上がる。

「うん。そうだね。それもいいけど、どうせなら……」

ふらふらと、絡み合う美女たちの傍に歩み寄ると、佳奈の女体に手を伸ばした。

「え、なに？　ああん、雄太ぁ～！」

ルーズに着こなしたサマーセーターの裾をまくり上げ、瑞々しい上半身を露出させる。白いブラジャーを荒々しくまくり上げ、小ぶりながらも形の良いふくらみを剝いた。

「ねえ、沙耶さんも……」

雄太は嬉々として沙耶の背後に回り込み、薄手のカーディガンを脱がせてから、フェミニンなオフホワイトのカットソーを裾から裏返しにするように剝ぎ取った。

「これも外しましょう……」

淡いクリーム色のブラジャーを上半身から外させ、鳩胸をはだけさせた。

「ああん。やっぱり佳奈のおっぱいが、一番小さい」

悔しそうに佳奈は叫ぶと、志乃の深い谷間にぼふんと顔を埋めた。

「ほうわぁ……ああ、でもこんなにふわふわなのですね。おっぱいに溺れたい男の人の気持ちが判るなぁ……」

ふかふかの羽毛布団のような風合いに、快哉を上げる佳奈。その小さな掌では文字通り手に余る肉房を、むにゅんと下乳から寄せ上げ、小顔のほとんどを埋めている。

「あふん……佳奈さんのお肌すべすべ……。くすぐったいくらい。沙耶さんのお肌もハリがあってうらやましい。それになあに、やわらかい掌なのね……こんな手って、ずるいわ！」

身を任せるばかりでいた志乃が、お返しとばかりに沙耶の乳房を掌に捉え、滑らかな乳肌を撫で回している。

「どれどれ……。佳奈も憧れの沙耶さんのおっぱいを……うわあああ、すごいですぅこのやわらかさ！」

志乃の胸元に顔を埋めたまま、沙耶の鳩胸にも手を伸ばす佳奈。互いが互いの乳房を品評しあい、褒めあっている。

「もう、僕が入る隙間ないじゃないですか！　おんな同士ばかり」

雄太は、一人取り残された気分で駄々をこねた。四人でするのは初めてなだけに、どう参戦すればいいのか、とまごつくうちに、あぶれた恰好だ。

「ごめんね。雄太も混じりたかったよね」

佳奈が顔を捻じ曲げて謝った。

「ダメですよっ！　僕の存在を忘れないでください」

「私たちの存在そのものを忘れていたくせに、そのセリフ……。でも、いいわ雄太くん」

唇を尖らせる雄太の足元に、ソファーから降りた沙耶がすがりついた。

もちろん、本気で拗《す》ねたわけではないが、子供じみた真似は何より愉《たの》しい。

「そうよね。今日は雄太くんの快気祝いなんだから、雄太くんがして欲しいこと、なんでもしてあげるわ」

もう片方の脚に、志乃がすがりつき、雄太の顔色を窺った。

「ええっ、だめですよぉ。スケベな雄太にそんなことを赦《ゆる》しちゃあ。何を要求されるか判りませんよ」

「うふふ。知ってる。それでも聞いてあげたいの」

蕩けんばかりの表情を見せてくれる志乃。その隣で、沙耶もうんうんと頷いている。

「しょうがないなあ。判りました。雄太、何をして欲しい？　三人でご奉仕しちゃう！」

コケティッシュに微笑んだ佳奈も、他の二人同様、雄太の足元にすがりついた。

魅惑の乳房を露わに、しゅんしゅんと蒸気で蒸されたように頬を染めた美女たちが、雄太に奉仕しようとすがっている。

「本当に？　なんでもしてくれるのですね？」

おんなたちの美貌を、念を押すように一渡り見渡してから、雄太は満足げに頷いた。

4

「雄太くん、はじめは誰としたい？　課長？　佳奈さん？　それともわ・た・し？」

知的な印象を恥的に変えて、沙耶が色っぽく秋波を寄せた。

アイスドールと評される美貌がこれほどまでに色っぽく感じたのは、初めてかもしれない。それほど彼女も興奮しているのだろう。

「最初は沙耶さんに中出ししたいです！　その後で志乃さんと佳奈にもたっぷり射精したい！」

洋服を脱ぎ捨てる間中、迷いに迷った末に雄太は言った。

こんなことすら容易に決められないくらいだから、三人から誰か一人に関係を絞るなど到底出来そうにない。我ながら、虫が良いと思わぬでもないが、そうしようとすると、また何かの拍子に記憶を失うかもしれない。

「体位は、ラブラブって感じの対面座位が希望です。さあ、沙耶さん、しましょう！」

居間の床にどすんと腰を降ろし、両手を広げて沙耶を求めた。

愛らしくノーブルな美貌がこくりと頷く。

見事な肢体が雄太の傍に歩み寄り、躊躇いなく太ももに跨った。

「みんなも見ていてくださいね。沙耶さんに僕のち×ぽが突き刺さるのを……」

直截な表現に沙耶が眉根を寄せて美貌を伏せた。さすがに相手の目を見つめて迎え入れる勇気はないらしい。

それでも沙耶は、志乃と佳奈が見つめる中、雄太の分身に手を添え、自ら女陰に導いた。

「遠慮せずに、ずぶっといってください」

雄太が促すと、強張った頬をまたしても小さく頷かせてから、ぐぐっと婀娜っぽい腰を落しはじめる。

くちゅんっと生々しい水音が立ったかと思うと、思い切ったように艶尻が沈んでいく。

「ううう……っ」

苦しげで切なげな、されどどこまでも官能味溢れるうめき声。ずぶずぶずぶっと勃起を呑み込むヴァギナは、はやくもすっかりぬかるんでいて、容易《たやす》く全てを受け入れてくれた。

「つくううう！　やっぱ沙耶さんのおま×こ、気色良いっ！」

発情しきった牝孔は、うにうにと蠢き、雄太の分身に悦んでいる。

「ふむうううっ……。やっぱり、雄太くん大きいっ！　お腹の中にあるだけで、沙耶、イッてしまいそう……！」

対面座位で雄太の首筋に両腕を回し、必死でしがみついてくる。懸命に息んでいるから、美貌は艶めかしくも赤く染まっている。

雄太は、自らの胸板と女体の間に掌をねじ込み、やわらかい乳房をむにゅりと揉みあげた。

「あ、あああん！　お、おっぱいも感じちゃう……。どうしようっ、みんなの前なのに……」

朱唇をわななかせ沙耶が啼いた。そんな彼女の発情っぷりに煽られたのか、志乃と佳奈が太ももをもじもじさせている。二人とも本来は恥じらい深く、貞淑なはずなのに、自らの乳房におずおずと手指を運ばせていた。

「二人とも待ちきれないって感じだね。ほら、おま×こほじってあげるから、ここに四つん這いになって！」

今にも自慰をはじめてしまいそうな二人を見かね、雄太は声をかけた。

志乃も佳奈もうれしそうに、しかも従順に、雄太に背を向け四つん這いになった。

「素直なみんなが大好きですよ！」

沙耶と対面座位で繋がったまま、雄太は両手を両脇に伸ばし、二人の恥裂に手指を忍ばせた。

「あ、ああ、いきなり指を二本も……。ふああ、でも気持ちいいっ！」

佳奈がくんと顔を持ち上げ、悲鳴をあげた。

ぐちゅん、びちゅん、くちゅくちゅんっと、強めに擦り上げても痛がるどころか、自らも細腰をいやらしく振りはじめる。

「志乃さんも、ほら、ほら、ほら……」

志乃の淫裂も、いきなり強く攪拌させる。まとわりつく襞の長さ、天井のざらつき、縦割れの位置さえも、三人は違っている。女体の神秘に想いを馳せつつ、二人が共に腰を浮かせるほど、ぐいぐいと深刺しを味わわせる。

「くひっ！　ああ、そこ、雄太くん、そこ感じちゃいますぅううう……」

手淫に集中していても、喰い締めてくる沙耶の蜜壺のお蔭で、どんどん快楽は増していく。しかも、押し寄せる喜悦に沙耶もじっとしていられなくなったと見え、おずおずと淫らな腰振りがはじまるのだ。

「うおっ。沙耶さん、その腰使い最高っ！　超気持ちいいですっ」

込み上げかけた射精衝動を、ぐっと歯を食いしばってこらえた。この妖しい空間を、もっと味わいたいと願ったのだ。

「ねえ、沙耶さんキスしよう。見ている二人があてられるくらいお熱いやつ！」

言い終わるか終わらないかのうちに、沙耶の朱唇が覆いかぶさってくる。

上唇をふっくらとした上下の唇に挟まれ、むちゅんと引っ張られる。下唇も同様にあやされてから、今度は真正面からぶちゅりと重ねられた。

「ほううっ……むふん……。ああ、雄太くん……あふうう……雄太くぅん……っ」

情感たっぷりの口づけに、キスがこれほどまでに官能的だと思い知らされた時には、もう雄太の射精衝動は限界を迎えていた。沙耶もまた口腔性感を刺激され、アクメが兆しているようだ。

「ぐっふううつ、沙耶さん、愛してる！　愛しているよぉ……」

キスしながらも小刻みに腰を揺すらせている沙耶にあわせ、雄太もぐいぐいと下半身を突き上げた。短いストロークの律動だったが、互いが動きを合わせる分、快感は大きくなる。

「あああ、ぅ、うれしい。わ、私も、沙耶も雄太くんを愛しています……きゃううぅぅ……っ」

熱く愛をぶつけられた沙耶は、ぶるるんとおっぱいをわななかせ、深いアクメを迎えた。しかも、連続イキにイキまくり、凄絶に絶頂を極めるのだ。

「ぐおおおおおっ！」

雄太も一緒に駆け昇らんと、懸命に腰を揺すらせる。同時に、両手の動きも加速させた。二つの膣孔を、ぢゅぶ、ぢゅぐ、ぢゅぶぶとふしだらに奏でさせ、四人同時に絶頂を迎えたいと願った。

「あ、ああ、いい……志乃、もうイッてます……おま×こが歓んでいますぅう〜」

たわわな乳房を揺すらせて、熟女上司があられもなくイキ乱れる。

「ねえ、痺れるぅ……し、子宮が痺れちゃうぅぅうっ……あはん、佳奈もイクっ……イクっ、イクっ、イクっ、イっクぅうううう〜っ!!」

　瑞々しい肌をいやらしいくらいに赤く染め、佳奈も絶頂を極めた。

「うおおおおっ。射精《で》るっ！　射精るぅ〜っ！」

　雄太もまたほとんど同時に、絶頂に辿り着いた。

　肉傘が破裂するかと思うほど膨張して、どどっと体液を発射させた。

「くふうううっ！　熱いっ！　雄太くんの熱い精子で、沙耶はまたイッちゃうううう……」

　白い裸身をのたうたせ、受精アクメに身悶える沙耶。わが身の牝を存分に解放させ、あられもなく多幸感に総身を焼いている。

　しばしの空白の後、沙耶はぐったりと雄太の体に女体を預け、どっと汗を噴出させた。

「さ、沙耶さん、きれいな貌でイクのですね。佳奈もあんな表情するのかなぁ……」

　恍惚《こうこつ》として蕩けている沙耶に、呆けたように佳奈がつぶやいた。クリクリの瞳は淫情を湛え、キラキラと輝いている。

「ねえ雄太くん、次は志乃に……。いっぱい射精《だ》してくれるって約束だったわ」

可愛い悋気《りんき》を見え隠れさせながら、志乃が肩にしなだれかかる。

「ああんっ、課長ずるいですっ！　次は佳奈にして。もう待ちきれないっ」

蠱惑の表情で、佳奈もまとわりついてくる。

「大丈夫ですよ。僕はまだまだできますから……」

雄太は未だ絶頂の余韻にたゆとう沙耶を、両腕で抱き上げるようにして、肉塊を女陰から抜き取った。

「ほら、この通り！」

凄まじい興奮と共に射精したはずのペニスは、感覚がバカになっているのか、勃起したまま萎えようとしない。

「これからも三人を平等に愛します。その代り誰かを選ぶこともしません。それで許してくれますよね？」

満面に笑みを浮かべ、自信たっぷりに雄太は聞いた。

「うふふふ。はじめから誰も雄太くんを独占しようだなんて、思っていないわ」

三人を代表しての志乃の返事。その通りと他のふたりも頷いている。

「じゃあ、今度はやっぱり佳奈の番！」

雄々しく勃起する雄太の分身に、佳奈が手を伸ばした。

「ああん、佳奈さん、抜け駆けはずるいわ……っ」

「もう一度、沙耶にでもいいですよ」

三人の美女を見渡し、雄太はもう一度微笑んだ。

あの夢の中の美女がその面影を三人に宿し、目の前にいる。

「みんな、ただ今。僕はやっぱりだらしないけど、絶対三人をしあわせにします」

感謝の気持ちに、愛しさをまぶし、雄太はそっと囁いた。

「おかえりなさい」

三人の美女たちは、満ち足りた表情で頷いた。


（了）

※本作品はフィクションです。作品内に登場する
団体、人物、地域等は実在のものとは関係ありません。

※本書は 2014 年 5 月に小社より刊行された『再会の美肉』を一部修正した新装版です。

長編官能小説
再会《さいかい》の美肉《びにく》〈新装版〉

2023 年 8 月 14 日初版第一刷発行
著者……………………………………………北條拓人

デザイン………………………………………小林厚二

発行人…………………………………………後藤明信
発行所………………………………株式会社竹書房
〒 102-0075 東京都千代田区三番町 8–1
三番町東急ビル 6F
email：info@takeshobo.co.jp
竹書房ホームページ http://www.takeshobo.co.jp
印刷所……………………………中央精版印刷株式会社

■定価はカバーに表示してあります。
■落丁・乱丁があった場合は、furyo@takeshobo.co.jp までメールにて
お問い合わせください。
©Takuto Hojo 2023 Printed in Japan

好評既刊

長編官能小説
こじらせ美女との淫ら婚活
北條拓人　著

性癖をこじらせた女性が集まるアプリで、出会った美女と甘々プレイに興じる青年…。誘惑ハーレムロマン！

803円

長編官能小説
義母と隣り妻とぼくの蜜色の日々
桜井真琴　著

青年は美しい義母に禁断の想いを募らせるが、引っ越してきた隣家の人妻から誘惑されて…!? 蜜惑新生活エロス。

803円

次回刊行案内

書き下ろし長編官能小説
恥じらい水着カフェ
美野晶

俊英作家が描く誘惑の水着エロス
2023年8月16日発売予定!!

巨乳美女がきわどく接客するカフェで誘惑されて…

803円